Ismail Kadare

Nëpunësi i pallatit të ëndrrave

梦宫

[阿尔巴尼亚] 伊斯玛依尔·卡达莱 著
高兴 译

上海译文出版社

目 录

一 早晨 ································· 1
二 筛选 ································· 35
三 解析 ································· 67
四 放假一天 ··························· 107
五 档案 ································· 125
六 晚宴 ································· 153
七 春天来临 ··························· 187

一　早晨

幽暗朦胧的晨曦透过窗帘渗进屋子。一如往常,他拉了拉毯子,期望再眯会儿。但是,他很快就意识到已经不能这样,得赶紧起床了。今天的日出可预示着一个非同寻常的日子呀,他记得。这一念头顿时驱走了他全部的睡意。

片刻之后,在床边摸索拖鞋时,他感到自己依然麻木的脸上迅疾掠过一丝讽刺的怪相。他将自己从微睡中拽出,就是为了到那个著名的主管睡眠和梦幻的机关塔比尔·萨拉伊去上班。对其他任何人而言,这一怪物般的机构都会显得滑稽可笑,但他实在太焦虑了,根本笑不出来。

一股好闻的茶和烤面包的香味从楼下飘来。他知道母亲和老保姆正热切地等着他。问候她们时,他尽可能地显示出一些热情。

"早上好,母亲!早上好,萝吉!"

"早上好,马克-阿莱姆!你睡得好吗?"

她们的眼中闪出一丝激动的光芒。无疑,这同他的新职位有关。兴许,同他本人前不久一样,她们也在寻思,这是他还能享受凡人安宁睡眠的最后一夜了。从今往后，他的生活必将截然不同。

用早餐时，他难以将心思集中于任何事情。焦虑在不断加剧。当他上楼穿衣时，没有回到自己的房间，而是步入了客厅。地毯淡蓝的色调已经失去了安慰的力量。他走向书架，就像头一天那样，在药橱前站定，目光落在书脊的标题上，凝望了许久。随后，伸出手，取下一部厚重的、用深得发黑的褐色皮革包着的对开本书卷。已有好多年没有打开过它了：他的家族历史全写在里面哩。封面上，某只未知的手题写了标题：库普里利家族历代，紧接着是个法语单词：编年史。

翻阅书页时，他感到，要看清那些手稿的句行十分困难。由于作者各不相同，风格也就变化不定。不难猜测，绝大多数作者当时都已进入耄耋之年，而那些年轻些的，也都面临生命的尽头，或处于某种大灾大难的边缘——在此关头，人们往往会有一种不可抑制的冲动：必须在身后留下点遗言。

　　我们大家族中第一位在帝国中获得要职的是梅特·库普里利，大约三百年前，他生于阿尔巴尼亚中部一个小镇。

马克-阿莱姆深深地叹了口气。他的手继续在翻动，目光却只落在那些首相和将军的名字上。天哪，他们全都属于库普里利家族！他想。而他早晨醒来时，愚蠢透顶，竟然还惊叹于自己的新职位。他真是个十足的大傻瓜！

看到梦官几个字时，他意识到，自己既在寻找它们，也在躲避它们。但要跳到下一页,已经来不及了。

我们家族同梦官的关系一直非常复杂。起初,在伊尔迪斯·萨拉伊年代,它还仅仅负责解释星相。事情相对简单一些。只是在伊尔迪斯·萨拉伊变成塔比尔·萨拉伊时,一切才开始乱了套……

马克-阿莱姆的焦虑,刚刚被所有那些名字和头衔分散了一小会儿,此时又一次扼住了他的咽喉。

他开始重新浏览那卷《编年史》,但这回潦草而又快速,仿佛手指尖间忽然刮起了一股大风。

我们的父姓由阿尔巴尼亚单词 Ura (qyprija 或 kurpija) 转译而来,意指阿尔巴尼亚中部的一座三拱桥,建于阿尔巴尼亚人还在信奉基督教的年代,建造时,曾将一名男子砌进桥墩。大桥竣工后,帮助建桥的我们的一位名叫焦恩的祖先,遵循一种古老的习俗,将乌拉(Ura)连同沾在它身上的凶手的耻辱一道当做了自己的姓名。

马克-阿莱姆砰的一声合上书本,匆匆离开了客厅。几分钟后,他来到了街上。

这是个潮湿的早晨。天正下着零星雨夹雪。那些巍峨的建筑,以依然紧闭的大门和边门，傲视着街道上熙熙攘攘的人群，仿佛又增添了不少阴郁的气息。

马克-阿莱姆将身上的大衣扣得严严实实，就连领圈也没放过。望着纤细的雪片，打着旋儿，在熟铁街灯的四周飘舞，他感到一股冷战从上往下掠过了脊梁骨。

一如往常，每天的这一时刻，大街上挤满了踩着点匆忙赶去上班的各部门的职员。沿着大街往前走时，有好几回，马克-阿莱姆都在纳闷，是否早就该叫辆出租马车。塔比尔·萨拉伊比他想象的要远。一层薄薄的雪，处于半融化状态，使得路面走上去很滑。

此时，他正走过中央银行。再稍稍往前，只见一排冰霜覆盖的四轮马车停在另一幢威严的大楼外面。他不知道这又是什么衙门。

他的前面，有人滑了一跤。马克-阿莱姆眼看着他试图恢复平衡，跌倒，从地上站起，骂了一句，同时开始检查：首先他那溅上污泥的斗篷，其次他滑倒的地方，最后，神情有点茫然地继续赶路。千万要当心啊！马克-阿莱姆在心里说，不知是提醒那位陌生人呢，还是他自己。

事实上，他用不着担忧。通知上并没有说他必须在几点到机关报到。他甚至都不确定是否必须早晨报到。突然，他意识到，他压根儿就不知道塔比尔·萨拉伊的作息时间。

雾霭中，他左边的什么地方，一只钟响了一下，声音嘹亮却又刺耳，仿佛是为自己而鸣。马克-阿莱姆加快了步子。他早已竖起衣领，此时，无意中像是要再竖一次。其实，并不是他的脖子冷，而是胸口一个特别的地方。他摸了摸上衣的内口袋，以便确定他的举荐信安然无恙。

忽然，他注意到，周围的行人比刚才少了。所有职员都已在办公室各就各位，他想，心中一阵剧痛，但很快又安下心来：他的位置和他们不同。他还不是一名公务员呢。

老远，他想，他就已看到塔比尔·萨拉伊大楼的一侧。待走近一些，他发觉自己是对的。没错，正是那宫殿，褪色的圆顶看上去好像曾经是蓝色，或至少是浅蓝色，可此刻在雨夹雪中几乎失去了任何色彩。这是宫殿的一个侧面。正面一定对着拐角处的那条街道。

他穿过一个小小的，几乎荒废的广场。广场的上方，矗立着一座清真寺的尖塔，细长得出奇。是的，这里就是宫殿的大门。它的两翼伸得远远的，一直没入雾霭之中。而宫殿的主体部分稍稍靠后，就好像面临某种威胁而退缩不前似的。马克-阿莱姆感觉他的焦虑在加剧。眼前有一长排完全相同的通道。走到近旁，他发现所有这些被雨雪淋湿的大门都关闭着，并且看起来有好长一段时间没有打开过。

正当他一边溜达，一边用眼角注视着这些门时，一名戴着头巾的男子突然出现在他的身旁。

"从哪里进去？"马克-阿莱姆问道。

那男子指了指右边。他身上披着斗篷，袖子如此宽大，丝毫也不受手臂动作的影响。巨大无比的衣褶把他的手一下子变小了。我的天哪，多么怪异的打扮，朝指定方向走去时，马克-阿莱姆心想。过了一会儿，他听见附近响起更多的脚步声。那是另一个戴着头巾的男子。

"这边走，"他说，"这是工作人员通道。"

马克-阿莱姆因为被当做工作人员而感到得意。他终于找到了进口。门看上去十分沉重。共有四道，一模一样，都装有铜把手。他推了推其中的一道，发觉要比自己想象的轻许多。真是奇怪！随后，他便踏上了一条寒冷的走廊。走廊的顶篷太高了，让他觉得自己仿佛正身处坑底。两边都有一长排门。他试了试所有的门把手，直到打开其中的一扇门，来到另一条稍稍暖和一点的走廊。终于，在一道玻璃隔墙的那头，他看到了几个人，围成一圈，正坐在那里说话。一定是门房或起码某类接待人员，因为他们全都穿着清一色的浅蓝制服，同宫殿圆顶的颜色极为相似。有那么一刻，马克-阿莱姆寻思，他兴许能看到他们制服上的标记，就像他在远处看到的圆顶上的那些湮没在潮湿之中的标记。但他来不及继续自己的审视，因为他观察的那些人停止了说话，正用询问的目光瞪着他呢。他张开嘴，想要打声招呼，可他们由于谈话被贸然打断，显出一脸的愠怒，结果，他没有说出"早上好"，只是提了提自己将要去见的那名官员的名字。

"哦，是找差事的事，对不？"他们中的一个说道，"右边一楼，十一号门！"

马克-阿莱姆很想同什么人随便交谈几句，就像任何人初次走进一座硕大的政府办公楼那样。再说，他抵达时，完全处于麻木和迷惑的状态。这恐怕更是他试图寻求交流的主要原因。可他感觉，眼前的这些人似乎都迫不及待地要继续他们那被打断的谈话，实际上又把他赶回了走廊里。

他听到背后一个声音:"那边——向右!"他没有回头张望,而是朝着指定的方向走去。只是内心的紧张,以及浑身打个不停的冷战,让他顾不上恼怒。

一楼的走廊悠长、黑暗,几十扇门朝里开着,高高的,根本没有编号。他数到十,在第十一扇门前站定。敲门之前,他想要弄清楚,这确实是他正找的那个人的办公室。可走廊里空空荡荡,没有任何人可以打听。他深深地吸了口气,然后伸出手,轻轻敲了一下。但听不见里面有什么声音。他先看了看右边,又看了看左边,接着重新敲了敲门,比上回更大声了点。依然没有动静。他第三次敲门,还是没听到有人开门。奇怪的是,门忽然毫不费力地开了。他吓坏了,那样子仿佛要再次将它关上。就在门还在铰链上嘎吱嘎吱开得更大时,他甚至伸出了手,想把它拽回。就在这时,他注意到屋子里空无一人。他犹豫起来。他该进去吗?他想不起任何规则或惯例适用于这一情形。终于,门不再嘎吱嘎吱响了。他站在那里,目瞪口呆,望着空屋里靠墙排列着的长椅。在门口踯躅了片刻之后,他摸了摸那封举荐信,重又获得了勇气。他走了进去。去他的,他想。他的脑海中浮现出他那位于皇家大街的豪宅和不少有权有势的亲戚,他们常常在用完餐后聚在那个带有高大壁炉架的宽敞客厅。这让他多少以一种轻松随意的神情在一张长椅上坐了下来。不幸的是,他的豪宅和亲戚的画面没过多久就消失了。他再一次陷入了恐慌。他想他听见了一个低沉的声音,类似于一声私语,可又不知道那声音来自何处。随后,他四下打量了一番,发现屋子里还有一扇侧门，好像有些声音从那边传来。一时间，他坐在那里，一动不动，竖起了耳朵，但低语声依旧微弱难辨。这时，他的全部注意力都集中在这扇门上了。由于某种原因，他猜测，在门的另一头，肯定要暖和一些。

他将双手放在膝盖上，那样端坐了好一会儿。不管怎样，他总算没有遇到太多的麻烦就进入了这幢大楼。这可是一幢极少有人可以进入的大楼。据说，要是没有特别通行证，就连那些大臣都休想进来。又有两三次，他瞥了瞥那扇有声音传来的门，但他感到自己会一连几个小时，甚至几天就这么坐着，而不会站起身来，走过去开它。感谢幸运之星让他一直来到了这间接待室，他会就这样坐在椅子上，等候。他压根儿就没想到会这么容易。可这一切真的那么容易吗？随后，他又责备起自己：蒙蒙细雨中的步行，几道关闭的门，一些身着硫酸铜色制服的门房，这间空荡荡的等候室——你确实还不能把这些称做艰难。

然而，不知到底为何，他发出了一声叹息。

就在那一刻，门开了。他站起身来。有人探进头来，瞄了他一眼，接着又消失了，留下门半开着。马克-阿莱姆听得他在里面说：

"外面等候室里有个人！"

马克-阿莱姆不知究竟等了多久。那门依然半开着，但此时，里面不再有人说话，却发出了劈劈啪啪的响声。他刚才瞥见的那个人终于又露面了——一个极为矮小的男子，手捧着一捆文件。幸好，正如马克-阿莱姆在心里所说，那捆文件占去了他的主要注意力。尽管如此,他还是飞速地向马克-阿莱姆投来了锐利的一瞥。马克-阿莱姆正想对他表示歉意:让他离开一个也许十分舒适暖和的办公室,实在不好意思。但侏儒的表情一下子冻结了马克-阿莱姆已到嘴边的话。他的手缓缓地从口袋里掏出那封举荐信,递到侏儒面前。后者正要接住,忽然又收回了手臂,仿佛害怕会被烧着似的。他伸长脖子,匆匆看了两三眼那封信,随后又拉开了距离。马克-阿莱姆觉得在他的眼神里看到了一丝嘲讽的意味。

"跟我来吧!"侏儒说完朝通向走廊的门走去。

马克-阿莱姆紧随着他走了出来。起先,他还试图记住他们的路线,以便自己回去时能够找到出口,但没过多久,他便发觉这一做法毫无用处,索性放弃了。

走廊甚至比先前看上去的还要长。从其他岔道射进一缕微弱的光。马克-阿莱姆和他的向导最终也踏上了其中的一条岔道。过了一会儿,侏儒在一扇门前停住,随后走了进去,为来访者敞着门。马克-阿莱姆犹豫了片刻,但当侏儒朝他点头示意时,他也跟了进去。

还没感觉暖和时,他就已闻到了烧红的煤炭的气味。那是从屋子中央的一只大铜火盆里散发出的。一名方脸男子,摆出一副乖僻的表情,坐在一张木桌旁。马克-阿莱姆有一种感觉:就在他们还没跨进门槛时,他就一直目不转睛地盯着门,坐在那里等着他们了。

马克-阿莱姆料想已同侏儒打破了坚冰。后者走到方脸男子跟前,对他耳语着什么。坐在桌旁的男子继续瞪着门,仿佛有人仍在敲门。他又听了会儿侏儒正在讲的话，接着自己也咕哝了几句，但脸部始终一动不动。马克-阿莱姆开始担心他的计划将要落空；无论是举荐信，还是任何为他的说情，在那双眼里都毫无分量，它们唯一的兴趣似乎只在门上。

忽然，他听到那人对他说话了。他的手紧张地摸进口袋，掏出了举荐信。可他立即感觉到他做了件错事，让气氛变得更糟。一刹那，他相信自己一定听错了。但正当他准备将信放回口袋时，侏儒伸出手来，要取信封。马克-阿莱姆顿时放下心来，将信举得更靠前了。但他轻松得太早，因为侏儒，像上回那样，又缩了回去，不想接触那信。他只是朝空中挥了挥手，仿佛要指出信的合适去处。马克-阿莱姆吃了一惊，很快便明白，他该把信直接交到官员手中。无疑，他比他的陪同级别要高。

令马克-阿莱姆深感意外的是，那位级别更高的官员竟然接过了信。更加让人惊异的是，来访者都已开始以为他决不会将目光从门上移开了，没想到他竟然打开了信封，研究起了信的内容。就在他读信时，马克-阿莱姆细细打量了他一番，希望能在他的脸上找到某种线索。然而，接下来发生的事着实让他觉得可怕，使他心中充满了那种常常由地震引发的模糊但却急速上升的恐慌。而马克-阿莱姆心中体味的感觉也的确是由某种剧变造成的。因为读着读着信，面带乖僻表情的官员慢慢地从椅子上站起身来。他的动作如此缓慢，如此平静，在马克-阿莱姆看来，似乎永远都不会停止，而且他还觉得那令人生畏的官员就将在他的眼皮底下变成某种妖怪。自己的命运可就掌握在他的手中哩。他几乎就要大喊："没关系！

我不想要这份差事了。把信还给我吧。看你这么慢慢吞吞,真受不了!"可就在这时,他注意到方脸官员的起身过程已经完成,他终于站立在那里了。

在所有这一切之后,马克-阿莱姆惊讶地发现,这地方的主人仅仅长着一般的个子。他深深地吸了口气。可他又一次轻松得太早了。一站起身,方脸官员就从桌旁走开,依旧像刚才那样不慌不忙。他慢慢踱向屋子的中央。可带马克-阿莱姆来这里的侏儒看上去一点都不惊讶,还主动退到一边,好让上司通过。这时,马克-阿莱姆感到心中的疑虑消除了不少。坐的时间太长,他一定只是想伸伸腿,活动一下筋骨。要不,也许他犯有痔疮,或痛风。瞧,马克-阿莱姆在心里对自己说,我差一点发出了恐怖的号叫!最近,我的神经状态真的太糟糕了!

在那个早晨,他头一回能够以惯常的自信面对他的对话者了。方脸官员手中依然捏着举荐信。马克-阿莱姆期待着他说"没错,这事我知道——你被录用了",或者至少给他一些希望,让他在下几个星期或几个月里还有一点盼头。如此,他的众多表兄表弟也就没白忙活了。两个多月来,为了安排这份职务,他们可是使出了浑身解数。况且,也许,同马克-阿莱姆权势显赫的家族保持良好的关系之于这位官员,要比得到这位官员的接纳之于马克-阿莱姆更为重要。马克-阿莱姆刚才竟然受到了他的惊吓,想想真是毫无必要。此刻,望着他,马克-阿莱姆如此自在,有那么一刻,他感觉自己的脸上都将露出微笑了。要不是完全出人意料的新进展忽然粉碎了他的想法,微笑大概已经绽放在他的脸上了。方脸官员小心翼翼地折叠好举荐信。正当马克-阿莱姆期待着几句友好的话语时，他却交叉着将信撕了两下。马克-阿莱姆打了个冷战。他的嘴唇嚅动着，仿佛想要提问，或者也许只是为了呼吸点空气，可方脸官员好似还嫌做得不够，又走到火盆边，将信的碎片扔了进去。一道恶作剧般的火焰从充满炭灰的余烬中腾起，随后又熄灭了，只留下一些烧得发黑的纸片。

"在塔比尔·萨拉伊，我们不接受举荐。"方脸官员说，他的声音让马克-阿莱姆想起了幽暗中发出的钟声。

他呆住了，不知究竟如何是好：待在那里，一走了事，提出抗议，或者表示道歉。仿佛读懂了他的心思，带他来的那个人悄悄离开了屋子，只留下他和方脸官员单独在一起。他们现在面对着面，中间只隔了个火盆。但这并没有持续多久。方脸官员还像先前那样以慢得让人绝望的步子，回到了桌子后面的位置上。可他没有坐下，只是清了清嗓子，仿佛准备发表一通演讲，随后，在门和马克-阿莱姆之间前后扫了一眼，说道：

"在塔比尔·萨拉伊，我们不接受举荐。因为，这完全违背了这一机构的精神。"

马克-阿莱姆没有听懂他的意思。

"塔比尔·萨拉伊的基本准则并不在于接受外部影响，而是在于拒绝；并不在于敞开，而是在于封闭。因此，并不在于举荐，而是恰恰相反。不过，从今天起，我们特任命你在此工作。"

这究竟是怎么回事？马克-阿莱姆琢磨。他的目光，仿佛为了再次确认刚刚发生的事情，投向了信的残片，它们正躺在覆盖着垫伏的余烬的炭灰中呢。

"是的,从现在起,你就是这里的一员了。"方脸官员显然注意到了马克-阿莱姆惊讶的神色,又一次说道。

他深深地吸了口气,两手摊在桌上(此时,马克-阿莱姆注意到桌上摆满了文件),继续说道:

"塔比尔·萨拉伊,或者用现在的叫法,梦宫,是我们伟大帝国最最重要的机构之一……"

他沉默片刻,仔细察看着马克-阿莱姆,仿佛要看看他究竟能听懂多少他的话语的含义,然后继续说道:

"世界早就认识到梦的重要性,以及它们在预测国家和统治者命运方面的作用。你肯定听说过古希腊的德尔斐①神谕宣示所,罗马、亚述、波斯、蒙古等地的著名占卜者。古书有时会说到先知预言的有益功效,有时又会谈起抵制预言者或没有及时接受者遭受的刑罚。总之,所有那些曾被预报的事件,它们最终是否受到预报的影响,书上统统都有记载。如今,这一悠久的传统无疑依然有着独特的重要性,然而,这种重要性与塔比尔·萨拉伊的作用相比,就显得不足挂齿了。在全世界历史上,我们帝国第一个为解梦设立了专门的机构,并因此让它达到了如此完美的程度。"

马克-阿莱姆稀里糊涂地听着。他还没有完全克服一上午的激动情绪哩。方脸官员这一番既深奥难解又平淡乏味的话语就更让他

---

① 最重要的古希腊阿波罗神庙所在地,也是阿波罗神谕的发布地点。位于福基斯地区帕尔纳索斯山低处陡坡上。

头疼了。

"梦宫由执政苏丹亲手创办。它的任务是审查梦，对它们进行分类。但并不只是某些人的梦——就像过去那些由于种种原因获得特权，实际上享受解梦预测专利的人的梦——而是整个塔比尔。换言之，就是所有居民的梦，无一例外。这是项宏伟的事业。相形之下，德尔斐神谕宣示所，以及过去所有先知和术士的预测就都显得幼稚可笑了。君主创立塔比尔的想法是：安拉在世上释放一个警告性的梦，极为随意，就像他从神秘的宇宙深处发出一道闪电，或描画一条彩虹，或突然将一颗彗星投到我们近旁那样。每次向地球发送信号时，他根本就不会考虑信号的着陆地点。他那么遥远，无法顾及这样的细枝末节。我们就有责任找出圣梦降临大地的所在，从亿万个梦中筛选出它来，就像人们寻找一颗遗失在沙漠中的珍珠。圣梦，犹如一道迷失的火花，会落进千百万睡眠者中某一个的大脑中。破解圣梦可以帮助国家或君主消灾免祸，可以帮助避免战争或瘟疫，还可以帮助产生新思想。因此，梦宫决不只是幻想或心血来潮的怪念头，而是国家的栋梁之一。在反映帝国真实状况方面，它要远胜过督察、警察或帕夏管辖区地方长官撰写的任何调查、陈述或报告。因为，在睡梦的夜间王国中，能够发现人类的各个侧面：既有光明，也有黑暗；既有蜜糖，也有毒药；既有伟大，也有脆弱。阴暗或有害的一切，或者在数年或数世纪内即将变成阴暗或有害的一切，都首先会在人类的睡梦中显现。每一种热情或歹念，每一种苦恼或罪行，每一次叛乱或灾难，在实现之前，甚至早在实现之前，都必然要投射出它的阴影。正因如此，君主颁布法令：帝国领土上的任何梦，哪怕是由最最邪恶的人在最最偏僻的边疆和最最普通的日子做的梦，都不得逃脱塔比尔·萨拉伊的审查。另外，还有一道帝国法令，更为重要：在对每日、每星期和每月的梦进行收集、分类和研究之后绘制的图表始终必须保证绝对的精确。为了达到这一目标，塔比尔·萨拉伊不仅在处理原始材料方面要做大量的工作，而且必须杜绝所有的外部影响。这一点至关重要。我们知道，在宫殿外面，有一些势力，由于种种原因，总想将它们自己的特务打入塔比尔·萨拉伊内部，以便把它们自己的计划、思想和观点当做安拉散布在睡梦者头脑中的神圣预兆呈交给君主。这就是塔比尔·萨拉伊不许接受举荐信的原因。"

下意识中，马克-阿莱姆又把目光投向了在余烬中颤动的烧焦了的信纸。

"你将在筛选部工作，"方脸官员继续说道，语调和刚才一模一样，"按理说，刚来，你该先到某个不太重要的部门，正如大多数新雇员那样，可你将从筛选部开始，因为你适合我们。"

马克-阿莱姆偷偷地瞄了一眼正在颤动的信的残片，仿佛想说："你怎么还没消失呢？"

"记住，"方脸官员说，"首先要求你绝对保密。千万别忘了，塔比尔·萨拉伊是个对外部世界完全封闭的机构。"

说着，他从桌上举起一只手，摇了摇食指，威胁的样子。

"许多个人和集团都曾企图渗透进来，但塔比尔·萨拉伊从没落入任何圈套。它保持独立，远离人间骚动，回避一切派别争论和权力斗争，不受任何事物的干扰，也不同任何人接触。我刚才对你说的,你什么都可以忘记,只有一点,我的伙计,我再重复一遍,你必须始终记住。那就是保密。这可不是忠告。而是命令,塔比尔·萨拉伊命令中的命令……那么现在,你就去做事吧。到走廊里问一下筛选部在哪儿。在你到达之前,你的同事就会了解到你的所有情况的。祝你好运!"

一到走廊上,马克-阿莱姆就晕头转向了。根本无人可以打听筛选部怎么走,因此,他随意选择了一个方向。方脸官员的片言只语依然在他耳边回响。我这是怎么呢?他一边想,一边摇了摇头,试图清理一下思绪。但刚刚听到的话语,不但没有消失,反而更加顽固地缠绕着他。他甚至感到,在这荒凉的走廊上,它们已经飞越高墙和廊柱,获得了比先前更加不祥的回声:"你将在筛选部工作,因为你适合我们……"

不知为何,马克-阿莱姆开始加快了步伐。"筛选部",他在心里不断重复着这个词。独自一人,他感觉这个词听上去十分古怪。忽然,他看到走廊深处有个身影在晃动,但不知究竟是在渐渐走远,还是慢慢靠近。他极想朝那人影大喊一声,或至少挥挥手臂,只是实在离得太远了。他又一次加快了步伐,几乎就要准备奔跑,叫喊,做出任何事情,以便追上那人。此时此刻,在这永无止境的走廊里,他仿佛觉得,那人就是他唯一的获救机会。就在急匆匆朝前赶去时,他听到左边什么地方响起了沉重的脚步声。他立即放慢步子,竖起了耳朵。那些脚步声富有节奏,但又让人害怕,从通往主路的一条侧廊上传来。马克-阿莱姆回过头,看到一群人手捧大捆的文件,默默走着。文件的封皮与圆顶和门房制服颜色相同——

淡蓝中掺杂着一点浅绿。

当那群人从他身边经过时,马克-阿莱姆战战兢兢地问道:

"劳驾,能告诉我筛选部怎么走吗?"

"原路返回,"一个嘶哑的声音回答,"估计你是新来的吧?"

咳嗽了几声后,那人告诉马克-阿莱姆,沿着右手第四条走廊,他将登上通往二楼的楼梯,到了那里后,再找人打听吧。

"多谢了,先生。"他说。

"不客气。"那人回答。

朝前走时,马克-阿莱姆听到他还在绝望地咳嗽,最后气喘吁吁地说:

"我想我一定是感冒了。"

整整费了一刻钟,马克-阿莱姆才好不容易找到了筛选部。同事们在等着他哩。

"我想你是马克-阿莱姆吧。"还没等他开口,他遇到的第一个职员就说。

他点了点头。

"跟我来吧,"那人说,"上司在等你哩。"

马克-阿莱姆紧随其后,做出恭顺的样子。他们穿过一间又一间屋子。他的向导走路时,皮鞋在地板上发出了橐橐的响声。许多职员坐在长桌旁,潜心研究着打开的文件,对他们俩都没有流露出丝毫的兴趣。

同其他人一样,上司也坐在一张桌旁,面对着两份打开的文件。马克-阿莱姆的陪同者走上前去,对他的上司耳语了几句。但马克-阿莱姆感觉,上司没有听见。他的目光并未离开其中一份文件,依然沉浸在那些写得密密麻麻的纸页中。尽管如此,马克-阿莱姆心中迅疾掠过一个印象:上司目光的边缘,犹如即将平息的浪涛,隐藏着某种可怕事物的外围,虽然它的中心十分遥远。

马克-阿莱姆希望陪同他来的人再次通报一声,但后者显然无此意向,只是静静地站在那里,等待上司看完手中的文件。

他不得不等会儿。马克-阿莱姆仿佛觉得,上司永远都不会抬起头来,而他本人将无限期地站在那里,也许要一直站到下班,甚至还要更长。静默笼罩着整个屋子。唯有上司翻动文件页时,才发出了一点微弱的声音。仅此而已。有一刻,马克-阿莱姆注意到,他停止了阅读,只是呆呆地瞪着文件,似乎正在琢磨刚刚读过的东西,就这样持续了一段时间,兴许和他实际花在阅读上的时间一样长。终于,上司揉了揉眼睛,仿佛要擦掉最后的眼翳,抬起头,望着马克-阿莱姆。那股可怕的浪涛,在马克-阿莱姆最初见到时已经失去了不少威力,此刻则完全消失了。

"你就是新来的那位吧?"

马克-阿莱姆点了点头。上司二话没说,站起身来,在长桌中间,朝前走去。后两位紧紧跟着。他们穿过了好几间屋子。那些屋子马克-阿莱姆时而觉得到过,时而又觉得没有。

当他远远地看到一张桌子,桌子后面一把空椅子,以及桌上摆着的一捆未曾打开的文件,他明白,这一定就是他的座位了。一点没错。上司停住脚步,指着桌子和空椅子之间的地方。

"这就是你的工位。"他说。

马克-阿莱姆望了望带有淡蓝封皮的未曾打开的文件。

"筛选部有好几间这样的屋子，"上司挥了挥手臂，介绍道，"这是塔比尔·萨拉伊最最重要的部门。有人认为解析部是关键部门。但其实不是。解析人员总觉得他们是这一机构中的贵族，总是摆出一副瞧不起筛选人员的架势。但你要明白，这纯粹是他们一厢情愿的虚荣心。任何人只要稍稍懂点事理，都能看出没有筛选部，解析部就会像缺乏麦子的磨坊。所有原材料都是我们提供给他们的。我们是他们成功的基础。"

他摆了摆手，表示不想再说了。

"哦，好吧……你将在这里工作，所以，你自己会明白的。我想你已经得到了必要的指导。我可不想在你第一天上班就让你头昏脑涨，所以，现在就不细谈你该做些什么了。我只想告诉你一些一开始需要了解的事情。其余嘛，你可以以后慢慢学。这是筛选部的主要办公室。"

他又挥了挥手臂。

"我们内部称它为'兵豆室'，因为这是梦经过初选的地方。换句话说，一切都从这里开始。正是在这间屋子里……"

他眨了眨眼，仿佛讲着讲着忽然乱了头绪。

"这个，"过了一会儿，他又接上了话题，"确切地说，初选由我们的外省分部完成。整个帝国一共约有一千九百个这样的分部。每个分部又有自己的子部，所有这些单位先做一次初选，随后才将那些梦送到中央。然而，他们所做的初选只是临时的。真正的筛选在这里开始。就像农夫将麦子从谷壳中分开那样，我们将有点意思的梦同那些没有意思的梦分开。而这道扬谷工序正是我们筛选的关键。你明白吗？"

上司的眼睛越来越亮。他的话语，起先还有些磕磕巴巴，此刻朝他蜂拥而来，快得都超出了他组织思想的速度。他不停地说着，语速越来越快，仿佛要一下子用上所有的话语。

"没错，这就是我们工作的基本目标，"他重复道，"从文件中清除任何毫无意思的梦。首先，所有那些纯属私人的、与国家毫不搭界的梦。其次，那些由饥饿或餍足、寒冷或酷热、疾病等等引起的梦——总之，所有那些同肉体相关的梦。接着就是那些假梦，那些从未真正发生的梦，那些人为制造出来的梦，有些人制造这些梦是为了满足个人野心，有些则是神话狂人或奸细。这三类梦都必须剔除。但说起来容易！实际上，要鉴别出它们，并不那么容易。一个梦可能看上去纯属个人性质，或者仅仅由饥饿或风湿病之类的琐事引发，可事实上却直接关系到国家事务——兴许某位政府要员的最新讲话都比不上它哩。但要识别出这一点就需要老到和成熟了。一个判断上的错误会让一切都乱了套的，你明白吗？长话短说，我们的工作极为讲究技巧。"

这时，他不再用嘲讽，而是换了一种更为轻松的口吻讲解了起来，告诉马克-阿莱姆具体该做些什么。不过，眼神中依然还有一丝紧张的痕迹。

"正如你注意到的那样，"他接着说道，"这间屋子旁边还有一些其他屋子。为了让你更加了解将要从事的工作，你必须在每间屋里待上一两天。等到你对筛选的含义有了全面的了解后，再回到'兵豆室'工作。那时，你就会发觉，入门学习让工作顺手得多。不过，那要等下星期再开始。在此期间，你就在这里先做起来吧。"

他俯向桌子，拉过文件，啪嗒一声打开了蓝封皮。

"这是你的第一份案卷，里面有一组梦，十月十九日送到的。你读读吧，要特别仔细，但不管做什么，都别太仓促了。要是你觉得一个梦可能是伪造的，哪怕是一点点的可能，也先把它留在原处，别太急于将它清除。你后面还有另一个筛选员，或者如果给他一个正规头衔的话，是二级审查员。他将审查你所做的工作，并纠正任何错误。他后面还有另一个审查员，对他进行审核，如此等等。实际上，你在这间屋里见到的所有人都在做此事哩。所以，就祝你好运吧！"

他又待了片刻，望着马克-阿莱姆，随后转身走了。一时间，马克-阿莱姆定住了，然后，才慢慢地，竭力避免发出任何声响，将椅子往后稍稍挪动了一下，悄悄溜进椅子和桌子之间，然后，依然非常小心翼翼地坐了下来。

现在，案卷摊开着，就摆在他的面前。他和他家族的愿望，已经得到了满足。他在塔比尔·萨拉伊谋到了一份差事。他甚至坐在一把椅子上，坐在自己的办公桌旁，成为神秘宫殿里一名名副其实的官员。

他俯身朝案卷凑近了一点，直到眼睛能看清上面所写的文字，然后，安静地读了起来。第一页硬纸上写着文件的名称和日期，下方是一行字：送达苏尔库莱勃。内含六十三个梦。

马克-阿莱姆用敏捷的手指翻到下一页。这一页与第一页不同，写满了密密麻麻的文字。头三行同其余稍稍隔开，并用绿墨水标上了下划线。上面写道：昆斯坦迪尔帕夏管辖区，克尔克-基利县，阿拉德杰比萨邮局职员尤素夫之梦，九月三日，拂晓前。

马克·阿莱姆从案卷上抬起头来。九月三日，他想，心中一片茫然。难道这一切都是真的？此刻，难道他真的是塔比尔·萨拉伊的一名官员，正坐在自己的办公桌旁，审读昆斯坦迪尔帕夏管辖区克尔克-基利县阿拉德杰比萨邮局职员尤素夫之梦，以便安排他的命运，确定是将他的梦扔进废纸篓呢，还是塞入塔比尔·萨拉伊这台巨型机器并由它来进行分析处理？

他感到一阵快乐的颤栗掠过自己的脊梁。他再次将目光投向案卷，并读了起来：三只白狐，蹲坐在当地清真寺的尖塔上……

忽然，一阵铃声响起，把他吓了一跳。他机警地抬起头，仿佛被谁拍了一下肩膀。他先望了望左边，又望了望右边，完全被眼前的情景惊呆了。所有那些到目前为止仿佛粘在椅子上、沉湎于摊开的案卷的人猛然破了魔咒。此时，他们站起身来，聊着天，在地板上咔嚓咔嚓拖拽着椅子。而铃声依旧在屋子里回荡。

"怎么了？"马克-阿莱姆问道，"出什么事了？"

"到上午休息时间了。"离他最近的同事告诉他。（可他刚才一直在哪儿呢？）"上午休息时间，"他重复道，"当然喽，你刚来，还不知道作息时间。但你很快就会了解的。"

到处都是屋子里的职员。他们在长桌间挪动着，朝门口拥去。

马克-阿莱姆竭尽全力，想继续阅读，但实在难以办到：人们不断地挤着他，碰撞着他的椅子。尽管如此，他再次俯身看起了案卷，仿佛有块磁铁牢牢地吸引着他。三只白狐……这时，他听到一个声音就在他的耳边响起：

"你可以到楼下喝点咖啡和沙兰勃①。来吧，肯定有你喜欢的东西的。"

马克-阿莱姆还没来得及看清说话者的模样，就已站起身来，合上案卷，跟在其他人后面，朝门口走去。

来到走廊上，他根本用不着问路。所有人都朝着同一个方向。一股来自侧道的无尽的人流汇入了主道上的人群。马克-阿莱姆很快便被卷入了人潮，此时正同无数人一道肩并肩朝前走着。塔比尔·萨拉伊雇员的数量之多，给他留下了深刻的印象。有数百，也许数千人哩。

脚步声越来越响，尤其是在楼梯上。走下一段楼梯后，他们踏上了一条长长的、笔直的走廊，随后又下到另一段楼梯。马克-阿莱姆发现楼梯平台上的窗户越来越窄。他觉得，他们一定正朝某类地下室走去。这时，所有人都挤到了一块。还没到达食品部，他就已能闻到咖啡和沙兰勃的香味了。这使他想起了自家大宅子里的早餐。又一阵欣喜的浪潮溢满了他的心。老远，他就能看到一排长长的柜台，几十个售货员递着一碗碗沙兰勃和一杯杯咖啡，全都热气腾腾的。在总体的喧闹中，你还能听到各种各样的声音：人们呷咖

---

① 一种以兰花球茎为主要原料的饮料，流行于奥斯曼帝国时期。

啡或药茶的动静，短暂的咳嗽声，硬币的叮当声。不少人似乎都感冒了，要不就是，在连续几个小时的沉默后，他们需要在说话前清一清嗓子。

被挤进一个队列之后，马克-阿莱姆发现自己被困在了一个柜台附近，前后都动弹不得。他注意到，其他人在他前面推推搡搡，越过他的头顶取杯子或付账，但他打定主意，决不烦躁。再说，他也并不真想买什么吃的或喝的。他就那样待在原地，任由人群前后拥挤着，一心只想同大家保持一致。

"你如果不肯动弹的话，就什么也喝不着！"他的身后有个声音说道，"不管怎样，你或许能让我过一下！"

马克-阿莱姆立即给他让了路。说话的那个人，见他如此通情达理，显然感到意外，好奇地掉过头来。他的脸长长的，透出红润的光泽，滚圆的面颊十分的好看。他凝神望了马克-阿莱姆片刻。

"你刚被录用吧？"

马克-阿莱姆点了点头。

"是啊，看得出来。"

他朝柜台迈了两步，随后又回过头来，说道：

"你想要什么？咖啡，还是沙兰勃？"

马克-阿莱姆很想说："什么也不要，谢谢！"但那有可能会显得很怪。他不是应该尽量向大家看齐吗？他不是应该尽量避免别人的注意吗？

"咖啡，"他轻轻地说，但声音大小刚好能让另一位明白他的意思。

他在口袋里摸些零钱。这时，他的新相识重又转过身，挤到柜台前。马克-阿莱姆等着，不由得听到了周围一些零星的对话。它们就像某块硕大的磨石磨碎的片段。不时地，几个听得见的词，甚至几个完整的句子，会迅疾地逃出来，当然喽，在车轮转过来时，又被压得粉碎。马克-阿莱姆竖起耳朵，留神听着，惊讶于他所听到的那些话语。这些人一点不谈塔比尔·萨拉伊，而是谈些最最琐碎、最最寻常的事情，诸如糟糕的天气、咖啡的质量、竞赛、国家彩票、京城的流感等等。没有一句话涉及这幢大楼里正在进行的一切。你会以为他们是土地局或某些一般性衙门的官员，不大可能想到，他们供职于梦宫，全帝国最最神秘的机构。

马克-阿莱姆看见他的新朋友挤出人群，两手各端着一杯咖啡，晃晃悠悠地，勉强保持着平衡。

"这队排得——真烦人！"他说道，依然端住两杯咖啡不放，试图在满屋数十甚至数百张桌子中间找到一张空桌。没有椅子，桌面也都是光秃秃的。那些桌子只是充当壁架，让人靠靠身子，同时也好放放空杯子。

新朋友终于找到一张空桌，放下了手中的咖啡。马克-阿莱姆怯生生地递上一直捏在手里的钢镚儿。新朋友挥了挥手，推开了。

"没几个钱。"他说。

"多谢！"

马克-阿莱姆端起一杯咖啡，另一只手中还攥着那些钢镚儿。

"你是哪天开始来这里上班的？"那位伙伴问。

"今天。"

"真的？恭喜啊！哦，你该……"他没有说完，呷了口咖啡。"那你在什么部门呢？"

"筛选部。"

"筛选部？"伙伴叫了起来，就像吃了一惊似的。他笑了笑："哦，真是个良好的开端啊。通常，人们都是从传达室，或者更低的部门，誊写处，开始自己的职业生涯。"

马克-阿莱姆忽然很想了解更多有关塔比尔·萨拉伊的情形。他先前的沉默就这样有了一点小小的裂缝。

"这么说，筛选部算是个重要部门，对吗？"他问。

伙伴瞪着他。

"没错，非常重要。尤其对于新手。"

"这怎么讲？"

"我是说，尤其对于刚被录用的人。"

"那么，从总体上看，它又怎么样呢？从总体上，而不只是对于新人。"

"哦，当然。从总体上看，它就被视为一个关键部门。最最重要的部门。"

现在，轮到马克-阿莱姆瞪着他了。

"自然喽，还有一些部门更加重要……"

"比如说，解析部？"

伙伴放下杯子。

"哦，哦——你可比看上去要老练多了。"他笑着说，"考虑到这是你的第一天，你已经相当了解情形了！"

马克-阿莱姆想要回他一笑，但立即意识到，毕竟初来乍到，还不能如此冒昧。在这不平凡的早晨，一直覆盖在他脸上的冰壳还没有完全融化。

"当然喽，解析部是塔比尔·萨拉伊的真正实质，"同伴接着说道，"它的神经中枢，它的……这么说吧，大脑，因为正是在那里，其他部门进行的预备工作才获得了真正的意义……"

马克-阿莱姆兴奋地听着。

"在那里工作的人被认做塔比尔·萨拉伊的贵族？"

伙伴噘起嘴，考虑了片刻。

"是的。差不多吧。尽管，当然喽……"

"什么？"

"不要以为就没有任何人高于他们了。"

"那又是什么人呢？"马克-阿莱姆问，没有想到自己竟那么大胆。

另一位平静地回望着他。

"塔比尔·萨拉伊总是比它看上去更庞大。"他说。

马克-阿莱姆很想问他这是什么意思，但又生怕自己过于放肆。

"除了普通塔比尔，"另一位继续说，"还有秘密塔比尔：那里解析的梦不是人们自己送来的——而是国家通过特别的方法和手段获取的。就重要性而言，那个单位并不亚于解析部，这一点你肯定懂吧！"

"当然，"马克-阿莱姆回答，"虽说……"

"虽说什么？"

"不是所有的梦，不管是自发送来的，还是秘密塔比尔收集的，都最终要由解析部定案吗？"

"事实上，所有部门都是双重的——它们在普通塔比尔和秘密塔比尔都有自己的办事处。只有一个部门例外。那就是解析部。唯有解析部为两个塔比尔共用。不过，这并不意味着它就一定比秘密塔比尔级别高。"

"可也许并不见得比它级别低哩？"

"也许吧。它们之间肯定有不少明争暗斗。"

"总之，这两个部门算是塔比尔·萨拉伊的贵族阶层。"

另一位笑了笑。

"或多或少吧，如果你愿意这么说的话。"

他又对着杯子使劲地嘬了一口，尽管这时里面已经不剩下什么咖啡了。

"但你还不能说他们就是最高阶层。"他接着说，"他们上面还有其他人哩。"

马克-阿莱姆死死盯了他一眼，看看他是否当真。

"那又是谁呢？"

"特等梦官员。"

"什么？"

"特等梦官员，专门处理那些贵重梦，正如他们后来称呼它的那样。"

"那又是怎么回事？"

另一位压低了声音。

"我们也许不该谈论这种事情,"他说,"可毕竟你初来乍到。再说,这些其实也只是组织事务——我并不觉得有什么可保密的。"

"可能吧。"马克-阿莱姆说。

他迫不及待,想要了解更多情形。

"说吧,"他鼓励着,"我确实属于这里,在某种程度上。我母亲是库普里利家族的一员。"

"库普里利家族!"

对他的惊讶,马克-阿莱姆并不感到意外。人们每每在发现他的血统时作出这种反应,他早已见怪不怪了。

"你一说直接到筛选部做事,我就猜想,你肯定出身于某个同国家关系密切的家族。但必须承认,那么令人眩晕的高度,实在出乎我的想象。"

"库普里利是我母亲婚前娘家的姓。"马克-阿莱姆说,"我自己的姓不一样。"

"这并没有关系。实际上是一回事。"

马克-阿莱姆望着他。

"再给我讲讲特等梦吧。"

他的伙伴深深地吸了口气。随后,在讲话前又呼出了一些,仿佛觉得自己声音不会太大,用不着吸这么多气。

"也许你已经知道,每星期五都要举行一个传统仪式,古老但又谨慎。每次,都要将一个最最重要的梦呈献给苏丹。那是我们从前一星期收到并分析的所有成千上万个梦中精选出来的。那就是特等梦，或者，贵重梦。"

"我听说过，但只是模模糊糊的，像某种传说。"

"哦，这可不是传说啊——这是事实。这让好几百个特等梦官员有活可干了。"

他望了马克-阿莱姆一会儿，然后接着讲道：

"你信吗？这么一个梦，凭借它意味深长的预兆，有时在君主看来，竟比全部的军队或所有的外交使节加在一块都更有用。"

马克-阿莱姆听得张口结舌。

"这会儿，你该明白为何特等梦官员要比我们地位高了吧？"

多么庞大的机构啊！马克-阿莱姆心想。是啊，塔比尔·萨拉伊真是硕大无比，叫人难以想象。

"你在周围从来都见不到他们的人影，"另一位接着说，"他们都有自己专门的地方喝咖啡和沙兰勃。"

"自己专门的地方……"马克-阿莱姆重复了一遍。

他的新朋友张开嘴巴，正要提供更多的信息时，铃声响起，就像宣布上午休息一样，忽然让周围正在进行的一切停顿了下来。

马克-阿莱姆既没时间也无必要问他这是什么意思。铃声还没停止，所有人就开始拥向出口。那些还没喝完饮料的，端起茶杯和玻璃杯，一口干尽。另一些，刚刚买到饮料，太烫了，还没顾得上喝，只好丢下它们，像其他人一样离去。马克-阿莱姆的伙伴忽然陷入沉默，随后，匆匆点了点头，转身走了。马克-阿莱姆原本还想留住他，再问他最后一个问题，可在他正要这么做时，他先是被推到了左边，后又被搡到了右边，再回头，已见不到同伴的身影了。

当他任由自己随同人群被卷向前去时，他意识到，刚才忘记问那位新相识尊姓大名了。要是知道他在哪个部门做事就好了，他叹了口气。接着又安慰自己，心想没准第二天喝咖啡休息时，他们还能遇上，还能再聊聊天。

这会儿，人群渐渐稀少。马克-阿莱姆试图寻找一张曾在筛选部见过的面孔。但徒劳无益。他不得不问了两次路。返回时，他蹑手蹑脚地走进屋子，尽量不被人注意。还有最后几张椅子正被拖向自己的位置，发出嚓嚓的响声。几乎所有职员都已再次坐到他们的长桌旁。马克-阿莱姆踮着脚尖，回到桌旁，抽出自己的椅子，坐了下来，可什么也做不了，只是在片刻之后，才俯下身子，读起了案卷：三只白狐，蹲坐在当地清真寺的尖塔上……忽然，他抬起了目光。他感到仿佛有人正从一个遥远的地方招呼他，向他发出一些奇怪的、微弱的、令人悲哀的信号，就像一声求救，或者一声抽噎。这是什么意思？他很想知道。很快，他彻底沉浸在这个问题之中了。不知为何，他望着高高的窗户。他还是头一次把目光投向那些窗户。玻璃窗外，那雨，如此熟悉，可此刻又如此遥远，落下时，便同细柔的雪片融为一体。那些雪片，在晨曦中，曾疯狂地旋转，此刻同样显得遥远——那么的遥远，仿佛属于另一种生活，另一个世界，那最后的信号兴许正是从那里向他发出的。

怀着一种隐约的内疚，他挪开目光，俯身到自己的案卷上，但在再次开始阅读前，发出一声深深的叹息：哦，真主！

二 筛选

这是星期二下午。再过一个小时，就要下班了。马克-阿莱姆从案卷中抬起头来，揉了揉眼睛。他上班已一个星期，但还没完全适应如此繁重的阅读。右手那位同事一直坐立不安，却始终没有停止阅读。从长桌的尽头传来了翻动纸页的整齐的沙沙声。所有职员的眼睛都牢牢地盯着自己的案卷。

正是十一月。案卷越来越厚。每年这个时候，梦流量就会趋于增长。这是马克-阿莱姆第一个星期上班注意到的主要事情之一。人们永远都在做梦，永远都在将梦送进来，但随着季节的更替，它们在数量上也会有所变化。这是最最忙碌的时期之一。成千上万个梦从整个帝国抵达，并且按照同一速度继续抵达，源源不断，一直持续到年底。天气渐渐变冷，案卷也会日益膨胀。等到新年之后，春天之前，才会减缓速度。

马克-阿莱姆再次偷偷瞥了瞥右手那位同事，接着又飞速扫了左边那位一眼。他们真的在阅读吗？还是仅仅装装样子？他手托住头，望着面前的纸页，但没有看到字母，似乎只看到灰色的背景上那些蜘蛛似的鬼画符。不，他实在无法再读下去了。不少同事，看上去在伏案钻研，兴许仅仅在摆摆假动作。这真是份可怕的差事。

他坐在那里，手掌托着额头，记起了筛选部那些老手那个星期对他讲的事情，有关梦的涨落和梦的数量，季节、降雨、温度、气压、湿度等等都会引发梦的数量的波动。部里那些老将都是这方面的专家。他们十分清楚雪、风和雷电对梦的数量的影响，更不用说地震、彗星和月食的作用了。有几位兴许真是分析梦的行家里手、名副其实的科学家，能在幻象中发现奇怪的、隐藏的含义，而这些幻象在普通人的眼里，就像些毫无意义的精神错乱。在塔比尔·萨拉伊的其他部门，你再也找不到什么人比得上筛选部的那些老手了，他们能轻而易举地预测出梦的数量，就像普通的白胡子能依据自己的风湿病预报坏天气那样。

忽然，马克-阿莱姆想到了头一天上班时遇见的那个人。他在哪里？一连好几天，在休息喝咖啡时，马克-阿莱姆都在人群中寻找着他，但哪儿也没有见到他的人影。兴许他病了，他想。要么可能到某个遥远的省份出差去了。他或许是塔比尔·萨拉伊的一个审查员，大部分时间都在外地执行公务。要么他就是个普通的信使。

马克-阿莱姆想象着塔比尔-萨拉伊分布在全国各地的上千个办事处——那些临时建筑，有时仅仅是些棚屋，就是它们和它们更为简朴的职员的用房了。通常，每个办事处就由两三个职员组成，他们吃苦耐劳，但收入菲薄，哪怕见到塔比尔派来征梦的最最卑贱的使者，都会匍匐在地，对他鞠躬行礼，说话结结巴巴的，前言不搭后语，就因为他代表着中央。在一些偏僻的地区，县里的居民天没亮就得动身，冒着风雨，踏着泥泞的小路，长途跋涉，到这些阴沉的小办事处讲述他们的梦。站在外面，他们一般懒得敲门，而是大声喊道："哈吉①，开门了吗？"

他们中绝大多数目不识丁，更不用说写了。因此，他们早早地就来了，生怕忘了自己的梦，甚至都没在附近的小酒馆歇歇脚，喝一口。每一位都会对着一个睡眼惺忪的抄写员讲述自己的故事。抄写员一边写，一边在心里诅咒着梦和做梦者。"但愿这回撞上好运！"一些人在讲完时，会这么说。有一个古老的传说，讲的是一个可怜的穷人，住在一条荒芜的小路旁，正是他的梦为国家免除了一场可怕的灾难。作为奖赏，君主将他召到京城，在皇宫接见了他，让他随意挑选些皇家珠宝，甚至还将一位侄女许配给了他。如此等等。"但愿……"当他们动身，重新踏上泥泞的小路时，他们会再说一遍。大多数人兴许直奔小酒馆了。抄写员会用嘲讽的目光望着他们，没等他们从小路的拐弯处消失，就在他们的梦上标上"无用"两个字。

按照严格指示，他们判断梦时，必须公正无私，不带任何偏见。尽管如此，这些职员就是这样进行初选的。对于他们，当地居民就是一本摊开的书：甚至还没跨过办事处的门槛，他们就知道来人是恶魔、酒鬼、流浪汉，还是溃疡患者。这种态度常常导致问题。几年前，就决定不再授权地方办事处进行初选。然而，汇集到中央筛选部的梦的洪流，纷至沓来，源源不断，数量巨大到不得不

---

① 一般用来称呼去麦加朝拜过的伊斯兰教徒。

撤回那决定，而由于缺乏更好的解决办法，初选继续由地方负责办理。

自然，对于所有这一切，做梦者毫不知情。不时地，他们会来到办事处门口，问：

"咳，哈吉，我那梦有什么信儿吗？"

"没有，还没有呢，"哈吉回答，"耐心点，阿卜杜·卡达尔！帝国那么大，又有那么多梦送上去，就是白天黑夜不停地干，中央部门也难以处理完所有的梦啊。"

"那是当然。你说得对。"询问者会说，两眼直勾勾地望着地平线方向。在他们的想象中，中央就该在那里。"国家的事情，我们又怎么弄得懂呢？"说完，他便趿拉着木底鞋朝小酒馆走去。

所有这些，都是马克-阿莱姆前一天上午和塔比尔一位审查员喝咖啡时，从他那里听来的。审查员刚从一个遥远的亚洲省份回来，马上又要去帝国位于欧洲的那部分地区了。他所说的让马克-阿莱姆大吃一惊。难道一切真的就以如此卑微的方式开始的？审查员仿佛感觉到了他的失望，连忙解释说，并非所有地方都这样：有些地方分部设在亚洲和欧洲大城市里，拥有像模像样的房子，那些来送梦的人也不是可怜的乡巴佬，而是些有头有脸的人物，满载着荣誉勋章、各类头衔和大学学位——一些智慧的人，聪明的人，有抱负的人。审查员就此详细讲述了一番，渐渐地，在马克-阿莱姆心目中，塔比尔·萨拉伊的形象才恢复了它原先的光泽。审查员正要讲述旅行中一些其他故事时，铃声打断了他。而此刻，马克-阿莱姆正竭力为自己想象余下的部分。他想到那些生活在帝国左边和帝国右边的人，那些梦得很多和梦得很少的人，那些随时乐意讲述自己的梦和不太愿意讲述自己的梦的人，比如阿尔巴尼亚人（马克-阿莱姆十分重视自己的阿尔巴尼亚血统，任何与阿尔巴尼亚有关的事，他都在无意中记住了）。他还想到各种各样的梦：反叛状态下的人做的梦，遭遇过残酷屠杀的人做的梦，周期性失眠症患者做的梦。后者是国家特别担忧的根源，因为在一段潜伏期之后，一种突然的复活极有可能来临。因此，事先就得采取特别的措施加以应对。

当审查员说到全体人民都在遭受失眠的痛苦时，马克-阿莱姆望着他，无比惊讶。

"我知道，你可能会觉得奇怪，"审查员说，"但这一问题我们必须相对地理解。一个民族，当它的睡眠总量明显下降到标准以下时，肯定在遭受失眠的痛苦。还有什么地方比塔比尔·萨拉伊能让我们更好地认识到这一差异呢？"

"那当然。"马克-阿莱姆同意。他不由得想起最近自己那些不眠之夜，但很快就提醒自己，民族的失眠肯定与个人的失眠截然不同。

他又一次偷偷看了看右边和左边。所有其他职员看上去都好像深深沉浸在自己的案卷之中，完全出神的样子，仿佛眼前的案卷，并非仅仅是些写满字的纸页，而是些散发出毒气的火盆。兴许，我也会慢慢地屈从于那种痴迷，并最终彻底忘记尘世和人类的一切，马克-阿莱姆郁郁地想。

在过去的一星期里，按照上司的指令，他在筛选部每个屋子里都跟一位老职员待上半天,以便熟悉工作的方方面面,并获取一些经验。两天前,他结束了这一轮操练,回到了头一天上班时分配给他的那张桌子旁。

从一个屋子到另一个屋子转了一圈后,马克-阿莱姆对筛选部的工作方式有了大概的了解。经过"兵豆室"头一遍细查后,那些由于无用而遭淘汰的梦被扎成一个个大捆,送往档案部。而那些保留下来的梦则依据它们所属的主题被分成小组。这些小组是:帝国和君主安全(阴谋,变节,反叛);国内政治(帝国的统一列于首位);国外政治(结盟和战争);法律和秩序(敲诈,不公,腐败);特等梦迹象;其他各类。

将梦分为小组和小小组并不是件容易的事。到底该将这一任务交给筛选部还是解析部呢?人们进行过长期的讨论。要不是解析部已如此超负荷工作,这一任务恐怕早就交给它了。最终,人们想出了一个折中方案:筛选部对梦进行分类,但仅仅以暂时和初步的方式。因此,每一案卷的抬头不是"涉及某某主题的梦",而是"可能涉及某某主题的梦"。此外,筛选部有责任把梦分成"无用"和"值得注意"两大类,但它并不负责考虑进一步的分类。这意味着筛选部实际上负责基本分类。分类是筛选部的 raison d'être[①],而解析部则是整个塔比尔·萨拉伊的 raison d'être。

"这下,你明白了吧,是我们控制着所有入口的材料,"马克-阿莱姆回到自己桌旁的那天,部门主管对他说,"由于筛选部的任

---

① 法文,存在的理由。

务主要是分类，再由于我们直接将你分配到了这里，一开始，你或许会以为，这是塔比尔最无足轻重的工作了。但我想你现在该明白了，这其实是此处从事的一切的基础。所以，我们从不将新手分配到这一部门，我们只对你破例了，因为你适合我们。"

"你适合我们……"马克-阿莱姆曾经一遍又一遍地琢磨过这句话，试图推敲出它的含义。但它还是那么莫测高深，难以理喻，就像一堵墙，如此光滑和坚硬，你根本抓不住任何地方，可以翻越过去。

他又一次揉了揉眼睛，试图继续阅读。但不行。所有的字母此刻都显得发红，仿佛火或血的反照。

已有四十个左右的梦被他判为缺乏意义，搁到了一边。大多数都似乎源于日常困扰。其余的看上去像骗局。但他并不十分肯定：最好再读一遍。事实上，每个梦他都已读了两三遍了，可还是不能相信自己的判断。部门主管告诉过他，有什么疑问的话，他可以在梦上打上一个大大的问号，然后传给下一位筛选者。但他这样做的次数已经够多的了。事实上，几乎所有梦都被他当做无用，遭到淘汰。倘若再不保留眼下的原料，那么，上司有可能会以为他害怕承担风险，把一切都推卸给了同事。可他就该是一名筛选者。人们雇用他，就是要让他作出选择，而不是将责任推卸给别人。要是所有筛选者都这样逃避责任，把几乎所有梦都送到解析部，那会出现怎样的情形？解析部最后会拒绝接受，可能还会告到行政当局。而行政当局就会深究到底出了什么岔子。

"这实在让我左右为难，"马克-阿莱姆叹息，"真要命啊！"

仿佛害怕会改变主意,他仓促地写上了"无用"两个字,紧随着前面四五页上端的那些评语。当他以同样的方式处理接踵而来的纸页时,竟感到了一种复仇的快乐,矛头指向所有那些无名的胃痛或痔疮发作的可怜虫。整整两天时间,他们用愚蠢的梦折磨着他。这些梦兴许他们压根儿就没梦到,而只是从旁人那里随便听来的。

"白痴,傻瓜,骗子。"他一边写上致命的评语,一边咕哝。

可他的手却移动得越来越慢,末了,索性悬在了案卷上方。

"再坚持会儿,"他告诫自己,"发脾气又有什么用呢?"

于是,不到一分钟,他的怒火再次被怀疑替代。

真正接触到这份工作,你就会明白,它一点都不容易。这些无名的可怜虫甚至还会让你陷入麻烦。所有部门的职员,只要一想到会招来调查组,就会吓得浑身颤抖。马克-阿莱姆听说,有一回,发生了一件罕见的事情。那时,一个做梦者写信给塔比尔·萨拉伊,声称自己曾在梦中预见过它。碰上这种情形,人们就会根据传达室发给的登记号追踪此梦,将它从档案室中调出,并进行核对,如果控告理由充足的话,还会进一步追查忽略或无视警告的责任者。责任方有可能是解析员,但也同样有可能是那些认定无用而将梦淘汰的筛选员——在筛选员一方,过失甚至更为严重,因为,解析员误读一个征兆,比筛选员完全漏掉它,还多多少少更加情有可原。

"让所有这一切见鬼去吧!"马克-阿莱姆心想,惊讶于自己流露出的倔强情绪,"不管怎样,又有什么关系呢?"

他在另一页上写上"无用"两字,可翻到下一页时,再次犯起了犹豫。不知如何处理依然摆在眼前的案卷，他便在无意识中重新读起那梦：桥边，一块荒地，那种人们扔垃圾的空地。在所有废物、尘土和破碎盥洗盆的中间，有件稀奇古怪的乐器完全在自动演奏着，一头公牛，仿佛被乐声逼疯了，站在桥边，吼叫着，除了它……

"肯定是位艺术家，"马克-阿莱姆心想，"某个充满怨恨的失业的音乐人。"

他拿起笔，开始在案卷上写上"无用"，但刚刚落笔，目光被先前漏掉的几行字拽住了。这几行字记录着做梦者的姓名、职业，以及做梦的具体日期。奇怪的是，他并不是音乐人——只是一个街头商贩，在京城摆了一个摊位。天哪！马克-阿莱姆对自己说，无法将目光从那些字上挪开。一个卑贱的蔬菜贩子，从自己的破屋里爬出来，就是为了让你日子难过！……再说，他住在京城，出什么事的话，要想告状，可比别人容易得多了。马克-阿莱姆小心翼翼地擦掉了刚刚写上的断语，将案卷放到那些被他定为"可能有用"的梦中。算你走运吧，白痴！他咕哝了一句，最后又望了一眼那张纸页，就像望着某个并不值得你帮忙的人。他将笔蘸上墨水，没有再读一遍，就把接着的几页判为"无用"。此时，他怒气已消，心情平静了许多，再继续工作。在那些他一眼就当做无用而打发掉的梦中，还有八个梦等着他处理。他逐一研究了一番，态度极为严肃，除去一个归到"可能有用"一类，其余的都留在了原处。即便不是行家，你也能猜出，它们全都源于家庭纠纷、便秘，或某种故作高雅。

上班时间难道就这样没有尽头吗？他的眼睛又开始疼了，但他还是接着从文件夹中取出几份尚未审读的案卷，铺在自己面前。假装阅读，他想，其实比真正阅读更加累人。他挑出那些字数最少的案卷，开始阅读其中的一份，甚至都懒得看一眼做梦者的姓名：在一帮人的追逐之下，一只黑猫，衔着月亮，朝前奔跑，尾巴上留有一道来自受伤的月亮的血迹……

哎，这个梦倒是值得看看。马克-阿莱姆重又细读了一番，随后将它划入可能有用的梦。这真是一个严肃的梦，分析起来，会其乐无穷的。他因而想到，解析员的工作，也许十分艰难，但一定非常有趣，尤其在处理类似这样的梦的时候。就连他，不顾疲劳，竟然也产生了解析的冲动。并不是说它有多难。假设月亮象征着国家和宗教，那么，黑猫必定代表某种敌对势力。马克-阿莱姆想，这样的梦兴许很容易被定为特等梦。他看了看做梦者的地址。此人居住在帝国欧洲部分一个边境小镇。他发现，所有最好的梦都来自那里。当他读到第三遍时，觉得它愈加迷人，愈加意味深长了。那帮人具有特别的意味，他们无疑会抓住黑猫，将月亮从它的魔爪下夺回。没错，这梦有一天肯定会被认做特等梦，他想。望着写有此梦的普通的纸张，他不由得笑了，仿佛某人面对一个谦逊的姑娘，露出赞许的笑容，他知道，这个姑娘注定要成为公主。

真是奇怪。此刻，马克-阿莱姆竟感到了轻松。他考虑片刻，看看是否再读上两三份文件，但最终还是决定打住：他不想磨钝自己的满足感。他回过头，望着硕大的窗户，外面，黄昏正在降临。今天，他不想再读更多的梦了，就想等着铃声响起，宣布一天工作的结束。此刻,尽管天色迅速变暗,可所有其他职员依然在伏案做事。显然,铃声响起之前,他们决不会抬起头来,即使整个屋子都被永恒的黑夜吞没。

铃声终于响起。马克-阿莱姆急忙收拾起案卷。当人们打开抽屉,放好案卷时,只听得一阵喧闹。马克-阿莱姆锁好了自己桌上的抽屉。尽管随着头一拨人离开了屋子,可他还是费了整整一刻钟才出了大楼。

街上很冷。职员成群结队,从门口拥出,随后分散到各个方向。每天晚上,一群旁观者都会站在马路对面,看着梦宫的职员下班。除了谢赫①宫殿和首相官邸外,唯有塔比尔·萨拉伊最能引发公众的好奇心,以至于几乎每天都有数百人聚在那里,等着那些职员下班回家。他们默默地站在对面,为了御寒竖起了领子,望着那些从事国家最神秘工作的神秘官员。他们目不转睛,凝视着他们,仿佛想从他们的脸上读出那些作为任务必须破解的梦。直到宫殿沉重的大门嘎吱嘎吱关闭时,旁观的人群才一一离去。

马克-阿莱姆加快了步子。此刻,街灯还暗着,但等他走到他家那条街时,就会亮了。自从到塔比尔·萨拉伊上班之后,黑暗让他感到担忧。

街上满是行人,不时地,会有拉上帘子的马车急速驶过。它们一定是载着漂亮名妓去幽会的,马克-阿莱姆想着,叹息了一声。

---

① 指奥斯曼帝国时期伊斯坦布尔的伊斯兰教法典说明官,他们的地位与首相相同,是控制法律、司法、宗教和教育的宗教首脑。

走到自己那条街时，街灯果然已经亮了。这是条安静的住宅街；半数的房屋都围着沉重的熟铁栏杆。那些栗子商贩准备收拾收拾回家了。有几个已经包好了栗子、纸袋和煤，看上去像是在等着火盆和金属丝筛冷却下来。值勤的警察毕恭毕敬地向马克-阿莱姆敬了个礼。一位邻居，名叫贝奇·贝，从前当过军官，喝得醉醺醺的样子，正同两位朋友从街角那家餐馆出来，见到马克-阿莱姆，立即对同伴轻声嘀咕了几句。经过他们身边时，马克-阿莱姆感觉到，他们正盯着自己，目光中混杂着好奇和畏惧。他走得更快了。打老远，他就看到，家里一楼和二楼都亮着灯。一定来了什么人，他想，不禁打了个寒战。走到更近处时，他看到门外停着一辆马车，两边门上都标着代表库普里利的"Q"字。这非但没有让他放心，反倒增加了他的不安。

老仆人萝吉出来为他开门。

"怎么了？"他朝楼上亮着灯的窗户点了下头，问道。

"你的舅舅们来看你了。"

"出什么事了吗？"

"没有。他们只是来串串门。"

马克-阿莱姆松了口气。

我这是怎么了？穿过院子走向大门时，他问自己。常常，很晚回家，看到窗户亮着灯时，他就会感到一丝担忧，但从没像今天晚上这么忐忑不安。一定和我的新差事有关，他想。

"今天下午，你的两位朋友来找过你，"萝吉跟在他身后，对他说，"他们让我告诉你，明天或者后天，想同你会会面，在俱拉部,还是俱罗部,还是……你爱怎么叫就怎么叫吧……"

"俱乐部。"

"对喽!俱乐部!"

"要是他们再来的话,告诉他们我很忙,没时间去。"

"好的。"萝吉应道。

大厅里弥漫着一股好闻的烹调的味道。也不知到底为什么,马克-阿莱姆在客厅外面停顿了一会儿,最后才推开门,走了进去。硕大的客厅,铺满了地毯,充满了柴火熟悉的香味。他共有三位舅舅,此刻,两位就坐在那里——大舅偕同夫人和小舅,还有两位表兄,如今都当上了副大臣。马克-阿莱姆一一问候了他们。

"你看上去有点疲惫。"大舅说。

马克-阿莱姆耸了耸肩,仿佛想说:"没办法——都是那差事给……"他立马猜到,他们是来谈谈他和他的新差事的。他望了一眼母亲。她坐着,两腿放在一只大铜盆旁,朝他微微一笑,顿时,扫去了他心中的忧虑。他随即在长沙发的一头坐下,希望自己很快就能摆脱大家的注意。他没有等太长时间。

大舅又捡起了自己的故事。显然,在马克-阿莱姆进门前,他正讲着哩。他是帝国一个最偏远地区的地方长官,每次到京城出差,总要带回许多极为粗暴的故事。这些故事,马克-阿莱姆觉得,似乎总和上次讲的一模一样。他的夫人脸色阴郁,专注地听着丈夫所说的每句话,时而会看别人一眼,仿佛想说:"瞧,这就是我们不得不生活的地方!"她从不停止诉苦:那里的天气哪,丈夫必须多么玩命地工作哪,等等。而在所有这些言辞的底下,你能觉察出一种无言却长久的反感，那是针对自己的小叔子的，也就是马克-阿莱姆的二舅——那位大臣，正如现在人人称呼他的那样。今晚，他不在场。身为外交大臣，他是库普里利家族中地位最为显赫的成员。长官夫人一直暗自怨恨他没有尽力将他的哥哥召回京城。

小舅面带漫不经心的微笑，听着大舅的讲述。在马克-阿莱姆眼里，大舅是一尊遭到粗糙而又狂热的外省生活侵蚀的铜像。尽管如此，他对小舅的喜爱却与日俱增。小舅一头金发，淡颜色的眼睛，蓄着浅红色的胡子，取了个半德国半阿尔巴尼亚的名字：库特。他被视为库普里利家族的野玫瑰。与他的两位兄长不同，他从不迷恋任何重要的工作，总是从事一些稀奇古怪的职业，但时间之短恰好应和它们的古怪程度：有一段时间，投身于海洋学；另一段时间，沉湎于建筑学；最近一段时间，又热爱起了音乐。他是个老光棍，常与奥地利领事的公子骑马出去兜风，据说，还同好几位神秘女士鸿雁传情。总之，他过着一种既快乐又轻浮的生活，绝对与兄长的生活背道而驰。马克-阿莱姆很想步他的后尘，可他明白自己无力做到。此刻，静静地听着两位舅舅讲话，他想起了停在房子外面的他们乘坐的马车：每每见到那辆马车，他的心里就会充满一种胆怯的快乐，因为，它总会带来什么消息，不管是好消息还是坏消息。

宫殿——他们家族内部，都如此称呼这座库普里利家族最著名的住宅——配有好几辆马车，全都一模一样。但对于马克-阿莱姆而言，它们全都合并成了一辆：那门上刻着"Q"字母的马车，有时带来好兆，有时带来恶兆，它在家族主要府邸和其他府邸之间奔驰着，彩虹和雷云都有可能会传播。好几回，有人建议用字母"K"替换字母"Q"，以便同他们的姓的土耳其语拼写 Köprülü（柯普律吕）相一致，但他们没有同意，并继续用阿尔巴尼亚语的方式拼写他们的姓名。

"这么说，你在塔比尔·萨拉伊做事？"大舅终于结束了他的长篇演说，问马克-阿莱姆，"你最后还是打定了主意？"

"我们大家一道做的决定。"马克-阿莱姆的母亲说。

"你们做得对，"大舅说，"这是个体面的职位，一份重要的工作。最衷心地祝你成功！"

"谢谢你！印沙安拉！①"马克-阿莱姆的母亲说。

两位表兄这时也加入了谈话。看着他们，马克-阿莱姆想起了那些没完没了的讨论，都是他的职业问题引起的，最后终于选择了塔比尔·萨拉伊。任何外人听到他们的谈话，都会感到难以置信：何以一个库普里利成员的职业问题竟会引发如此热切的讨论？这个卓越的家族为帝国培育了五位首相，还有无数的大臣、司令和将领，其中两位在匈牙利，另一位在波兰，率兵打过仗，还有一位侵占过奥地利。即便今日，尽管地位有所衰弱，库普里利家族依然是帝国的一根支柱。是它第一个提出了以奥斯曼合众国的形式重建帝国的理念。它还是唯一在《拉鲁斯百科全书》中拥有自己独立条目的家族，收录在字母 K 下面。条目写道：柯普律吕，阿尔巴尼亚望族，曾于一六六六至一七一〇年间为奥斯曼帝国贡献出五位首相。

---

① 穆斯林把自己的心愿托付给安拉时的诵言，意为"如果安拉允许的话"。

此外，那些国家最高官吏需要寻求庇护、忠告或仁慈时，便会羞怯地叩响这个家族的大门……

尽管在一般人看来，马克-阿莱姆的职业问题会显得不可思议，但在那些稍稍了解该家族历史的人眼里，情形就截然不同了。将近四百年来，库普里利家族似乎注定逃脱不了荣辱参半的命运。如果说它的编年史记载了众多高官、国务秘书、地方长官和首相的荣耀，那么，它也讲述了同样数目的家族成员如何身陷囹圄、遭到斩首或索性失踪的厄运。"我们库普里利家人，"库特，三位舅舅中最小的那位半开玩笑地说，"仿佛生活在维苏威火山脚下的居民。每当火山爆发，这些居民便会被灰尘覆盖。我们也有着相同的命运，生活在君主的阴影下，时常会被他打倒在地。火山平息之后，他们会耕作既危险又肥沃的土地，继续自己平常的生活。我们同样如此，虽然遭到君主的猛烈打击，可仍将继续在他的阴影下生活，并忠心耿耿地为他服务。"

儿时起，马克-阿莱姆就记得深更半夜在房子里来回走动的用人、廊道里的窃窃私语、前来叩门的惊慌的阿姨；记得平静恢复之前的那些日子，充满了坏消息、等待和焦虑；记得家人静静地为身陷囹圄的囚犯哭泣，随后生活重又回到原先的轨道，期待着崭新的辉煌或崭新的灾难。因为，正如人们所言，在库普里利家族中，男人要么担任高官，要么蒙受耻辱。从来没有中间道路。

"还好，起码你不姓库普里利，"马克-阿莱姆的母亲有时会说，但她这么说的时候，就连自己都不太相信。她只有他这么一个孩子，丈夫去世后，便一门心思保护儿子，使他免遭库普里利家族命运中不太尽如人意的一面的影响。这让她变得更加机智，更加具有威望，而且，令人吃惊的是，更加美丽。很长一段时间，在内心深处，她已打定主意，不让马克-阿莱姆从事政府事务了。然而，在他长大成人，并完成学业后，这一决定就显得有点站不住脚。库普里利家族决不能容忍任何游手好闲者。他们无论如何都必须为他安排一份差事——一份最有可能获得发迹机遇并最不可能遭受牢狱之灾的差事。

在冗长乏味的家庭讨论中，他们曾考虑过外交、军队、法院、银行和行政管理。他们颠来倒去，权衡利弊，估量升迁和解职的概率。一种可能被排除了，因为它显得不妥或危险；另一种也由于相似的原因被否决了；第三种起先看上去不同寻常，而且相当安全，可经过仔细审视，原来竟比前两种还要冒险。结果，讨论又回到了先前被一句"天哪，除此之外，什么都行！"搁到一边的头一个方案——如此等等。到最后，所有这些犹豫和变卦终于激怒了马克-阿莱姆的母亲，只听得她说："就让他做他喜欢做的事吧——天上写好的一切，你又怎能逃脱！"

就在这时，正当他们打算让马克-阿莱姆自己选择时，他的二舅，也就是那位大臣，终于亮出了自己的意见。在此之前，他一直没有参加讨论。乍一看，他的建议显得十分荒谬，引得一阵讥笑，但没过多久，讥笑消失了，每张面孔都露出麻木的表情。梦宫？怎么？为何？随后，这主意渐渐变得相当自然了。毕竟，为何不呢？供职于塔比尔·萨拉伊，又有什么不好呢？不仅没有什么不好，而且要远远胜过其他大多数职业。那些职业都布满了陷阱。然而，这份差事就真的一点危险也没有吗？有，当然有危险，不过它们只是梦幻世界——那是古人常常渴望抵达的世界，他们每当遇到麻烦便会大喊："天哪，但愿这只是一场梦！"——中的梦幻危险。

这就是事情的来龙去脉。一点一点地，大臣的主意在马克-阿莱姆的母亲心中扎下了根。他们以前怎么就没有想到呢？她纳闷。如今，似乎也只有塔比尔这一机构能保证她儿子的幸福了。不错，它提供了无限的发迹的机遇，但在她眼里，它最主要的优势还在于它的模糊不清和难以预见。那里，真实分成两半，可以迅速导向非真实。而由此产生的模棱两可在风暴来临的时刻，似乎很有可能为她儿子提供尽量安全的庇护。

其他人又转而赞同她的观点。再说，他们想，如果大臣出了这个主意，那么其中必定有什么讲究。近来，塔比尔·萨拉伊在国家事务中扮演着越来越重要的角色。库普里利家族由于习惯于用讥讽的目光看待那些陈旧和传统的机构，在相当程度上低估了梦宫。这倒也自然。据说，几年前，他们曾设法削减过它的权力，尽管并没有将它彻底关闭。但目前，君主已经完全恢复了它过去的权威。

究竟什么样的职业才最适合马克-阿莱姆呢？家族就此进行了漫长的争论。在此期间，马克-阿莱姆逐步了解到了所有这一切。当然喽，尽管库普里利家族有点低估塔比尔，但这并不意味着他们在那里没有自己的线人。如果他们掉以轻心，完全忽略了那个地方，那么，他们恐怕早就不再是现在这个样子。只不过，他们似乎一心想着其他国家机构，并自信将会再次成功压制那个他们私下称做"含糊不清的机构"，因而就没怎么把它当回事。然而，现在，他们似乎将尽力弥补这一疏忽。

虽然他们在塔比尔有自己的线人，而且还为数不少——可你依赖高贵血统的人总比依赖他们要来得可靠，大臣对姐姐说。他明显有点紧张。她总觉得，对于此事，他比自己承认的要焦急得多。除了表面对她说的，他的心里肯定还有更多的想法。

这一特别会谈发生两天之后，马克-阿莱姆来到塔比尔·萨拉伊报到。但自从大臣提出这一建议之后，马克-阿莱姆的名字便一直同梦宫连在一起，此刻依然连在一起，这便是眼下的谈话让他不安的缘由。他希望坐下就餐时，他们会换个话题。所幸，还没等就餐，他们就这么做了。话题依然围绕着塔比尔·萨拉伊，但已同他无关。马克-阿莱姆提起了兴致。

"不管怎样，说塔比尔·萨拉伊如今恢复了昔日的权威，没错。"一位舅舅表示。

"至于我，"库特说道，"即便我是库普里利家人，我也从没想过能轻而易举地低估它。它不仅是最古老的国家机构之一，而且，在我看来，尽管有着迷人的名字，它还是最可怕的国家机构之一。"

"但可怕的并不只是它呀。"一位表兄表示异议。

库特笑了笑。

"没错，但其他那些机构，恐怖一目了然。它们引发的畏惧老远就能看出，就像一团黑色烟云。可塔比尔·萨拉伊则完全另当别论。"

"你为什么认为梦宫如此可怕？"马克-阿莱姆的母亲问。

"并非你可能猜想的那样，"库特说着，偷偷瞥了外甥一眼，"我想到的是其他什么。你要是问我的话，所有国家机构中，梦宫最最远离人的意志。你明白我的意思吗？它最最不具人格，最最盲目，最最致命，因而也最最专制。"

"即便如此，我想，它多多少少也能受到控制。"另一位表兄说。

他是个秃头，暗淡的眼睛以非常特别的方式反映出他的智慧：它们似乎在呈现它的同时又被它消耗了。

"在我看来，"库特接着说，"国家机构中，唯有在它那里，臣民意识更为阴暗的一面能同国家本身直接接触。"

他看了看在场的每个人，仿佛要评估一下自己这番话的效果。

"当然喽，大众并不统治，"他继续说，"但他们的确拥有一个机构，通过它可以影响所有国家事务，包括它的罪恶。而这个机构就是塔比尔·萨拉伊。"

"您是否想说，"表兄问道，"大众该在一定程度上对发生的一切负责，因此，他们也该在一定程度上对此感到内疚？"

"没错。"库特回答。随后，语气更加坚定："在某种程度上，没错。"

表兄笑了笑，但由于他半闭着眼睛，你只能看到他的一点点微笑，就像一道门下渗出的光。

"同时，"他说，"我认为它还是整个帝国中最最荒谬的机构。"

"在一个逻辑的世界里，它当然会显得荒谬，"库特说，"但在现实世界里，它相当正常！"

表兄发出会心的笑声，但一看到地方长官阴沉的脸，逐渐忍住了自己的欢笑。

"然而，众所周知，事情没这么简单，"另一位表兄说道，"什么都不会像它表面上那么清楚。比如，如今，谁又能说出德尔斐神谕宣示所的真正模样？它的所有记录都丢失了，或者更确切地说，都被毁掉了。再说，让马克-阿莱姆干上这一行当，也并不是那么容易的……"

马克-阿莱姆的母亲全神贯注地听着所有这些，尽力不漏掉一句话、一个字。

"我想你们最好还是换个话题吧。"地方长官建议。

"让我干上这一行当，也并不是那么容易的……"马克-阿莱姆心想。他渐渐回想起第一天早晨到塔比尔·萨拉伊的情形。当时，他是那么的茫然不知所措。加上今天在筛选部做事的那些沉闷难捱的时光。"估计他还以为我一步登天了！"他在心里苦笑了一声。

"哦，我们来说点别的什么吧！"大舅再次发话。

就在这时，萝吉前来通报，晚餐已经准备就绪。大家纷纷站起身来，步入餐厅。

饭桌上，长官夫人谈起丈夫管辖的那个省份的风俗习惯。但库特毫不客气地打断了她。

"我从阿尔巴尼亚请来了几位狂诗吟诵者。"他说。

"什么？"两三个声音叫道。

显然，他们的言外之意是："你究竟是如何生出这个念头的？

此刻，你又在胡思乱想些什么呀？"

"昨天我同奥地利大使聊天，"库特接着说，"你们知道他怎么说吗？他说：'你们库普里利家族是欧洲，或许是世界仅存的被史诗歌颂的伟大家族。'"

"啊，"一位舅舅说道，"这下我明白了！"

"在他看来，献给我们的史诗完全可以同《尼伯龙根之歌》相媲美，他还说：'巴尔干半岛流传的有关你们的歌曲中，如今，要是有百分之一唱给一个法国或德国家族，那他们一定当做最高声誉而加以广泛传播的。而你们库普里利家族对此却不屑一顾。'他就是这么说的。"

"我明白了，"那位舅舅说，"可有一事我还是搞不懂。你提到了阿尔巴尼亚狂诗吟诵者，对吗？如果你是在谈我们大家都知道的史诗的话，那么，这些阿尔巴尼亚狂诗吟诵者同它又有何相干呢？"

库特·库普里利两眼直直地望着他，并没有给予回答。有关家族史诗的争论由来已久，如同家族以虔诚之心代代相传的那些器皿一般古老。那些古董是各朝君主的赏赐，算得上无价之宝了。儿时起，马克-阿莱姆就听家人谈论着史诗。一开始，他还以为，被他们叫做史诗的东西是某种细长的动物，介于九头蛇和普通蛇之间，居住在遥远的雪山，就像寓言中的野兽，体内携带着家族的命运。但随着年龄的增长，他才渐渐懂得了史诗的真正含义。可他心里依然有点疑惑。库普里利家族在帝国首都过着荣华富贵的生活，而人们却在巴尔干中部一个遥远的名叫波斯尼亚的省份吟诵有关他们的史诗。他不太明白这究竟是怎么回事。为何在波斯尼亚,而不是在库普里利家族的故土阿尔巴尼亚呢?此外,最最关键的一点,人们吟唱时,为何用塞尔维亚语,而不用阿尔巴尼亚语呢?一年一度,在斋月,一些狂诗吟诵者会从波斯尼亚远道而来。他们会同库普里利家族成员待上几天,在他们哀怨的乐器的伴奏下,朗诵一段段长长的史诗。这已是延续了数百年的习俗,库普里利家族最近几代当然也不敢随意丢弃或妄自改动。他们会聚集在大客厅里,倾听斯拉夫吟唱者沉闷的嗡嗡声,除去来访者以自己的发音读到的丘普里利外,一个字也听不懂。随后,吟诵者会领到奖赏,再次踏上回家的路,留下空虚和神秘莫测的气氛。好几天,他们的主人会沉浸在这种气氛中,仿佛忽然变天时那样,呆呆地,发出一声声的叹息。

然而,有人传说,正是史诗的缘故,使君主对库普里利家族产生了嫉恨。尽管宫廷诗人为他写出了几十部诗集和长诗,可就是没有一人谱写出一部有关他的史诗,就像库普里利家族激发人们谱写出的史诗那样。甚至还有人传说,正是由于嫉恨,君主才时不时地对库普里利家族大发雷霆。

"为何不将史诗奉送给苏丹并因此一了百了地息事宁人呢?"一天,小马克-阿莱姆听到大人在发牢骚时,如此建议道。

"嘘!住口!"母亲说,"史诗可不能随便给人呀。就像结婚戒指或家庭珍宝——即便你自己愿意,也不能随便给人。"

"他说它完全可以同《尼伯龙根之歌》相媲美,"库特忧郁地重复了一句,"几天来,我一直在琢磨这个我们大家经常提出的问题:为何斯拉夫人特意为我们谱写出一部史诗,而我们的阿尔巴尼亚同胞在他们的史诗中却对我们只字不提呢？"

"最简单不过了，"一位表兄说，"他们对我们只字不提，是因为他们对我们有所期待，而我们让他们失望了。"

"这么说，你认为他们是出于反感才忽略我们的？"

"如果你愿意这么说的话。"

"我很容易理解这一点，"另一位表兄说，"这是我们家族和阿尔巴尼亚人之间由来已久的误会了。他们难以习惯我们在帝国中的势力。或者更确切地说，他们觉得这无足轻重。他们并不在乎库普里利家族已经并将要为帝国做出的贡献。对于他们来说，最最重要的是，我们为帝国中那被称做阿尔巴尼亚的一小部分做了什么。他们一直期待着我们专门为他们做点事情。"

他伸出手臂，仿佛想说："这下，你们明白了吧！"

"一些人认为阿尔巴尼亚注定要遭受不幸。另一些人则认为它生来就有幸运之星的庇护。我觉得问题要复杂得多。阿尔巴尼亚就像我们家族——在苏丹统治下，既得过恩赐，也受过严惩。"

"哪一面分量更重呢？"库特问。

"难说，"表兄回答，"我记得一位犹太人有一天这么对我说过：'当土耳其人挥舞着矛和剑冲到你们面前时，你们阿尔巴尼亚人以为他们是来侵犯你们，可事实上，他们把整个帝国当做礼物带给了你们！'"

库特笑了起来。

表兄暗淡的眼睛仿佛发出最后一点点光。

"但就像所有疯子的礼物，"另一位表兄说，"随之而来的还有暴力和流血。"

库特再次笑了起来，笑得比上回更厉害了。

"你笑什么呢？"他的哥哥，地方长官发问，"犹太人说得没错啊。土耳其人让我们分享到了权力——对此，你们和我一样清楚。"

"当然，"库特说，"那五位首相就是明证。"

"那还只是开始，"地方长官说，"他们之后还有数百名高官呢。"

"我笑的并不是那个。"库特说。

"你是个被惯坏的家伙。"另一位咕哝道。

库特的眼中闪过一丝微光。

"土耳其人，"表兄继续说，试图重新引起注意，"给了我们阿尔巴尼亚人广阔的敞开的空间。那正是我们所缺乏的。"

"还有广阔的敞开的纠纷，"库特说，"当个体生命陷入权力机制时，就已经够糟糕的了。而当整个民族陷入时，那就简直糟糕透顶！"

"你这是什么意思？"

"你刚才不是说土耳其人让我们分享到了权力吗？分享权力并不仅仅意味着分地毯和金带。那是之后的事。分享权力，首先，就意味着分享罪恶！"

"库特，你这么说可不对！"

"不管怎样，是土耳其人帮助我们达到了我们的真正境界，"表兄说，"而我们却为此诅咒他们。"

"不是我们——是他们！"地方长官说。

"抱歉——没错……是他们。阿尔巴尼亚人回到阿尔巴尼亚老家去。"

气氛顿时变得紧张。就在这时，萝吉端来几盘蛋糕。

"有朝一日，他们会赢得真正的独立，可到那时，他们将丧失所有其他的可能性，"表兄继续说，"他们将被幽禁在自己狭小的疆域内，失去能让他们风一般飞翔的广阔天地。他们的翅膀将被夹住。他们将笨拙地扑扇着自己的翅膀，从一座山飞到另一座山，直到筋疲力尽。随后，他们就会自问：'我们究竟得到了什么？'于是，他们又会重新开始寻找他们失去的一切。可他们还能找到吗？"

地方长官夫人深深地叹了口气。谁也没碰蛋糕。

"不管怎样，"库特说，"目前他们对我们还只字不提。"

"我们也该听听他们的声音。"

"可你刚刚说过他们对我们只字不提。"

"那么。我们就该听听他们的沉默。"库特说。

地方长官发出一阵大笑。

"还是那个老古怪！"他笑着说，"我说过，京城的生活惯坏了你。让你到某个偏远省份当一年公务员，对你有好处。"

"上帝保佑此事不会发生！"马克-阿莱姆的母亲低声说。

地方长官的笑声减缓了不少紧张气氛。这时，好几把叉子伸向前去，刺住蛋糕。

"我邀请阿尔巴尼亚狂诗吟诵者来，是因为我想听听阿尔巴尼亚史诗，"库特说，"奥地利大使读过一部分，他认为阿尔巴尼亚史诗比波斯尼亚史诗要精彩得多。"

"真的？"

"真的，"库特说着眼睛眨了一下，仿佛被雪地上的阳光晃得什么也看不见似的，"它们讲述山里的狩猎；两人决斗；劫持妇女和姑娘；充满危险的婚礼过程；伴郎吓得呆若木鸡，生怕会做错事情；酗酒的马；被背信弃义者害得失明的骑士骑着同样失明的战马，屏住呼吸，翻山越岭；预报灾难的猫头鹰；深更半夜，奇怪的庄园主府邸响起的敲门声；一位生者，带着两百只猎狗，潜伏在墓地，向一名死者发起令人毛骨悚然的挑战；无法从坟墓中起身去迎战敌人的死者发出的呻吟；争吵、打仗、近亲通婚的人和神；尖叫，战役，可怕的诅咒；一轮冰冷的太阳，贯穿天空，放射出光芒，却并不温暖大地。"

马克-阿莱姆听得如痴如醉，心中充满了对远方那片他从未踏上过的冬日雪地的奇怪思念。

"瞧，这就是那部没有提到我们的阿尔巴尼亚史诗。"库特说。

"如果真像你所描述的那样，那么，难怪我们会缺席了！"一位表兄表示，"它听上去更像一通狂言乱语！"

"可斯拉夫史诗里却有我们呀。"库特说。

"难道这还不够吗？"那位眼睛呆滞的表兄发问，"你自己说过，我们是欧洲，或许是世界仅存的被一部民族史诗歌颂的家族。你难道不认为这已足够了吗？你难道还希望我们受到两个民族的歌颂吗？"

"你问我是否足够，"库特说，"我的回答是不！"

两位表兄摇了摇头，一副宽容的样子。他的哥哥也笑了。

"你一点没变，"他说，"还是那个老古怪。"

"狂诗吟诵者到来时，"库特说，"我邀请你们都来听听。众多曲目中，他们还将吟唱那首古老的《三拱桥民谣》，就是讲那座同我们姓氏起源有关的桥……"

马克-阿莱姆听得张口结舌。

"但他们将用阿尔巴尼亚版本吟唱，"库特接着说，"此事我还没对大臣说哩，可我想他不会反对我们安排他们演出的。他们将长途跋涉来到这里，而且路上还要想方设法藏好乐器。但这一切都是值得的……"

库特继续充满激情讲了一会儿。他又一次讲到了这里的他们家族和那里的巴尔干史诗之间的联结，以及政府和艺术、短暂和永恒、肉与灵的关系……

他哥哥的脸色阴沉了下来。

"也许你说得有理，"他说，"在家里，你爱怎么说都行，但在其他地方，可要留神把住你的嘴啊。"

饭桌周围一片沉默。叉子碰盘子的叮当声只能加剧紧张的气氛。

为了打破紧张气氛，地方长官转向马克-阿莱姆，用轻快的口吻说道：

"我们最近可一直没有你的消息啊，外甥！你好像已经陷入梦的世界了！"

马克-阿莱姆感觉自己又一次脸红了。所有人的注意力又一次集中到了他身上。

"你在筛选部工作，对吗？"舅舅还没停住话头，"昨天，大臣还向我问起过你哩。他说，在梦宫，一个人的真正职业生涯始于解析部——那才是真正从事创造性工作的地方，也只有在那里，个人才华才有机会闪现。你同意吗？"

马克-阿莱姆耸了耸肩，仿佛想说他并没有选择工作的部门。但他觉得自己看到舅舅的眼中闪过一道隐秘的目光。

尽管地方长官迅速低下头来，望着自己的盘子，可那道奇怪的目光没能逃脱他姐姐的注意。此刻，除了马克-阿莱姆，人人都参与到了有关塔比尔·萨拉伊的讨论中，她专注地听着，心中有一点不安。

没错，除了马克-阿莱姆，人人都在参与，虽然他已在塔比尔·萨拉伊内部工作了好几天了……他母亲在激烈地转着自己的心思。难道她费了这么长时间看护自己的儿子，就为了到最后将他扔进一只野兽笼里？一个其实只是他们所描绘的盲目、残酷，甚至致命的地方？一个徒然有着职业荣耀的地方？

她用眼角望了望他消瘦的面容。她的马克-阿莱姆又将如何进入那个梦的混沌世界，进入那些睡眠的神秘碎片，进入那些死亡边缘的噩梦呢？她怎么竟能让他踏进这样的地狱呢？

有关塔比尔·萨拉伊的谈话在他周围继续着，但他感觉如此疲惫，没有兴致再听下去了。库特和一位表兄正在讨论：梦宫权势的恢复，究竟同奥斯曼超级帝国目前的危机有关呢，还是仅仅属于偶然的结果？与此同时，地方长官不断在说："行了，行了——让我们来谈点别的什么吧……"

最后，来访者起身到客厅去喝咖啡。直到午夜时分，他们才打道回府。马克-阿莱姆缓缓地走向二楼自己的房间。竟然毫无睡意，但这并没有太让他心烦。有人告诉过他，刚到塔比尔上班的人头两个星期一般都会失眠。过后，他们就又会好了。

他在床上伸直身子，睁着眼睛，躺了好一会儿，感觉相当平静。这是一种没有痛苦的失眠，冰冷而又柔和。这并不是他身上唯一的改变。他的整个生命仿佛都已经历了一种变化。街角上的大钟敲了两下。他告诉自己，三点，或最迟三点半，他最终会进入梦乡的。但即便如此，今夜他又将从哪个案卷中选出自己的梦呢？

这是他睡着之前最后的念头。

三　解析

比他预料的可要早得多，甚至在还没有出现任何春的迹象之前，马克-阿莱姆就调到了解析部。他想，原本起码要在筛选部度过春天，也许甚至夏天。

一天，在上午休息铃敲响前，他得到通知：总管想要见他。"什么事？"他问信使。然而，一看到那人脸上讥讽的笑容，他就立即感到了后悔。显然，在塔比尔·萨拉伊，你不该提这样的问题。

沿着走廊往前走时，各种各样的怀疑和猜测袭上他的心头。他在工作中犯了什么错误？有人从帝国深处冒了出来，到处叩门，走访了一家又一家办事处，一个又一个大臣，声称他那有价值的梦被扔进了废纸篓？马克-阿莱姆竭力回想最近自己否决的那些梦，可一个也想不起来。不过，兴许并不是那回事。也许总管召见他是为了别的什么事。事情几乎总是如此：你总是由于某种做梦都想不到的原因而被召见。这几乎成了永远不变的规律。同破坏保密原则有关的什么事吗？可自从到这里工作，他还没见过任何朋友哩。他在走廊里问路时，越来越强烈地感到：之前曾经到过宫殿的这个部分。有一阵子，他想，这兴许因为所有的走廊都一模一样。但当他最终走进屋子，看到那个火盆和那位眼睛盯着门的方脸男子，他才意识到，原来第一天来到塔比尔·萨拉伊，自己敲响的正是总管办公室的门。之后，他一直那么投入地工作，完全忘了它的存在，甚至到现在也不清楚那位方脸男子在梦宫究竟担任何职。他是众多总管助手中的一位呢，还是总管本人？

马克-阿莱姆站在他面前，吓得几乎呆住了，等待他先开口。可官员继续凝望着门，目光大致同门把手保持一样的高度。尽管马克-阿莱姆对这一习性已不再陌生，可还是有那么一刻，他不知方脸男子在说明召见他的原由前，是否还在等候什么别人。终于，男子将目光从门上移开了。

"马克-阿莱姆……"他用很低的声音说。

马克-阿莱姆吓出了一身冷汗。他不知究竟应该采取什么态度。他该说"听候您的吩咐"呢，还是用上其他客套？还是就站在那里，等候对方向他宣布可怕的消息？此刻，他可以肯定，只能是因为什么麻烦事他们才召见他的。

"马克-阿莱姆……"对方重复道，"你第一天来时，我就说过，你适合我们。"

我的天哪！马克-阿莱姆想。那句奇怪的话……我从没想过还会再次听到……

"你适合我们，"高级官员继续道，"正因如此，我们决定，从今天起，将你调到解析部。"

马克-阿莱姆只觉得耳中嗡嗡直响,目光不由自主地转向了屋子中央的火盆。余火几乎被炭灰埋着,仿佛露出嘲讽的笑容——就像一些人半闭着眼睛,脸上露出的那种笑容。那难忘的第一天,正是这些炭火吞噬了马克-阿莱姆的举荐信。此刻,它们倒像是摆出了一副满不在乎的神情。

"你没有流露出任何得意之情,这样做很对。"那个声音说。

而马克-阿莱姆心里纳闷:"我到底有何反应?"

事实上,他一点开心的感觉都没有。但他明白他该表示感激。直到片刻之前,他还被焦虑折磨得半死。因此,就更该如此了。他张开口,正要说点什么,却一下子被官员的声音打断了:

"我能理解。你没有表露出开心的样子,是因为你充分意识到了新工作所包含的责任。都说解析部是塔比尔·萨拉伊的神经中枢。有道理。那里的薪水要高一些,可工作也更难——你还经常得加班加点——最最重要的是,责任也更大。不过,你得明白,对你来说,这可是件好事。别忘了,在塔比尔·萨拉伊,顶层之路必定经过解析部。"

头一回,他真正看着马克-阿莱姆,并没有看着他的脸,而是他的中腹部——如果他是门的话,那里该是门把手。

"在塔比尔,顶层之路必定经过解析部。"马克-阿莱姆心里想。他正想说他兴许难以胜任解梦这样艰难的工作,方脸官员仿佛读出了他的心思,抢先插话道:

"塔比尔·萨拉伊所进行的解梦工作确实很难,非常难。它可不像普通的、大众的解梦——蛇,凶兆;皇冠,吉兆,如此等等。

也完全不同于所有那些解梦书籍。塔比尔的解梦属于另一种水准，比一般的解梦要高出许多。它运用另一套逻辑，另一些符号和符号组合。"

"那就更让我力不从心了。"马克-阿莱姆想说。想到处理那些传统符号，他就已经够害怕的——要是再让他应付那些新的，那就更糟糕了！他终于张口要说几句，可又一次被打断了：

"你也许犯愁，不知如何才能学会这门技艺。别担心，我的伙计——你肯定能学会的，而且用不了多长时间。多数人起步时同你一样，犹豫不决，缺乏自信，可许多人后来成了解析部的骄傲和欢乐。一两个星期，顶多三个星期，你就能掌握这项工作的。到那时，"说到这里他点了点头，马克-阿莱姆朝前迈了一步，"就行了。欲速则不达。那还会让你工作起来过于机械。解析部的工作首先应该是创造性的。图像和符号分析都应把握分寸。最主要的，正如运用代数学那样，就是掌握某些原则。即便这些原则你也得灵活运用，不能过于僵硬，否则，这项工作的真正目的就难以达到。解析的更高形式恰恰始于常规终结之处。你必须全力关注的是符号的组合和变更。最后一点提醒：塔比尔从事的一切都属于高度机密，而解析部更是绝对绝对机密。一定记住。现在，你就去开始新的工作吧。他们在等你哩。祝你好运！"

当马克-阿莱姆不知所措地走出时，方脸官员的目光已经又一次对准了门。马克-阿莱姆在走廊上游荡，完全处于迷惑状态，到最后才振作精神，想起自己正在找解析部。走廊全都空空荡荡。方脸官员和他谈话时，上午休息一定已经结束：从间歇后总会出现的典型的静默他就能判断出这一点。他走了很长一段时间,期望着能遇到什么人,好问问路。可是没有任何人影。有时,他觉得自己听到前面有脚步声,就在走廊拐弯的地方,但他一走到那里,那些声音似乎又退回到另一个方向,兴许在楼上,兴许在楼下。要是整个上午都这么徘徊,那可如何是好?他想。他们会说我第一天就迟到的。他心里越来越着急。他本该向那位官员打听好路的,那位总管助手,或者总管,或者管他是什么哩!

他朝前走着。那些通道仿佛既熟悉又陌生。就连开门的声音都听不到。他踏上一段宽阔的楼梯来到楼上,随后又走了回来,很快便发现自己又到了楼下。无论他走到哪里,迎接他的都是同样的寂静,同样的空荡。他感觉用不了多久他就要大声喊叫了。他此刻一定身处大楼最偏僻的一翼。支撑楼顶的柱子看上去都好像稍稍短些。忽然,正当他打算转身时,他觉得看到走廊的转弯处有个人影。他走了过去。一名男子正站在一扇门前,马克-阿莱姆还没来得及靠近,那人便示意他站住。马克-阿莱姆一下停住了脚步。

"你想干什么?"陌生人问,"这里是禁区。"

"我在找解析部。我都转了一个小时的圈子了。"

那人用狐疑的目光审视着他。

"你在解析部工作,却不知道怎么走到那里?"

"我刚调到那里,还摸不着门哩。"

对方仍在上上下下地打量着他。

"原路返回,"他终于开了口,"沿走廊一直走到主楼梯。登上一层,从楼梯口往右拐,走到头就是解析部。"

"谢谢你！"马克-阿莱姆说完转过身去。

他一边走，一边不停地重复着，生怕自己记不住：沿走廊走到主楼梯，上一层，往右拐……

"他会是谁呢，那名帮了我忙的男子？"他纳闷，"他看上去像个哨兵。但在这个聋哑世界里又有什么可保卫的呢？这个宫殿真是充满了神秘。"

靠近楼梯时，他感觉看到一道暗淡的光线从玻璃屋顶照进楼梯井。他松了口气。

他在解析部已经工作了将近三个星期。头两个星期，他一直跟着几位老手，学习入门知识，了解部门的秘密。随后，有一天，上司来到他面前，对他说：

"你已学了不少东西了。从明天起，我们将给你一份案卷，让你独自处理。"

"这么快啊？"马克-阿莱姆说，"我真能独自工作吗？"

上司笑了笑。

"别担心。所有人刚开始时，都有这种顾虑。但监理就在那里——你要是有什么疑问，随时可以向他咨询。"

整整四天，马克-阿莱姆都在费心琢磨这份案卷，脑子从未感觉如此混乱。他在筛选部的工作就已经够折磨人的了，可比起这来，那简直就是儿戏了。他从没想到，解析部的工作竟然如此恐怖。

交给他处理的案卷还算是容易的——上面标着法律和秩序：腐

败。有时，他会想："我的天哪，要是这样一份案卷都让我晕头转向的话，那么处理那些反政府阴谋案卷时，可怎么办呢？"

案卷里塞满了梦。马克-阿莱姆已读了六十来个，将二十来个放到了一边。这二十来个梦他一眼看去，觉得也许还有可能解析。但再次打量时，他发觉它们根本不像是最容易的，反而显得更难了。于是，他又挑出另外一些，但一两个小时后，它们同样开始显得混乱不堪，让人费解。

"真要命！"他不停地对自己说，"我会疯掉的！整整四天，一个梦也没解开。"

每当梦中的某些因素有点意思时，疑惑就会突然袭上他的心头。片刻之前还显得可以理喻的一切又一次变得莫名其妙了。

"这纯粹是蠢事一桩！"他将脸埋在手掌中，想道。

他整天提心吊胆，生怕会犯什么错。有时，他相信，根本不可能做出什么名堂来，如果有人做对了什么，那也纯属巧合。

有时，他会焦急得发狂。他还一个解好的梦都没交给过上司哩。他们也许会认为，他要么是难以胜任，要么就是过于胆怯。别人怎么做成的？他看到他们整页整页写满了评语。他们怎么显得如此平静？

实际上，每个解析员都可以留下一些自己破解不了的梦，交给那些优秀解析员，那些解析部名副其实的师傅。自然喽，总不能什么都往他们那里一推了之。

马克-阿莱姆揉着自己的太阳穴，想要疏通一下好像积聚在那里的血液。他的脑子里尽是些乱七八糟的符号：赫耳墨斯的权杖、烟雾、一瘸一拐的新郎、雪……它们全都在一场狂野的萨拉班德舞①中回旋，摒弃了平凡世界所有的知觉。"去他的，"马克-阿莱姆想着，拿起了笔和纸，"这个梦我就用脑子中出现的第一念头来解释吧，但愿能有乐观的结果！"

这是一名中学生做的梦。他在京城一所宗教学校读书。梦里，两个男人发现一条从天上掉下的彩虹。他们费了点工夫，将它抬起，擦去它身上的尘土，其中一个男人还为它重新涂上了颜色；然而，那条彩虹死活都不愿苏醒过来。于是，两人将它扔在地上，跑掉了。

哼……马克-阿莱姆一边拨弄着笔，一边想着。他的决心早已消失得无影无踪。可他还是坚持着。他不加思考，或者更确切地说，迅速放弃了他对此梦的第一个解释，在下面写道："警告……"警告……

"天哪，这个梦会是什么意思？"他差点要叫出声来了，"它都能把你逼疯了！"他在自己写的那行字上打了个叉，气恼地将纸页扔到了那堆无法破解的梦上。不，他宁可被解雇回家，也不愿让这样的胡言乱语折磨自己了！他手托着头坐在那里，眼睛闭上了一半。

过了一会儿，他听到监理尖声尖气地问：

"马克-阿莱姆，你怎么啦？头疼吗？"

"哦，稍微有点。"

---

① 一种西欧舞蹈。

"不要紧——人人一开始都会遇到这种情况。你需要什么吗?"

"不,谢谢!我一会儿再向您请教点事吧。"

"哦?好的。这几天我一直等着能帮你什么忙哩。"

"我不想随便打扰您。"

"哦,这你不用担心。这是我的义务。"

"我过一个小时左右有点事要问您,"马克-阿莱姆说,"只是……"

"只是什么?"

"只是我还拿不准……我的解析也许不太对头,或者毫无意义。"

监理笑了笑。

"那我就等着你吧。"他说完走开了。

这下,我可无路可逃了,马克-阿莱姆想。不管喜欢与否,我都得像所有其他人一样安之若素。嘿,去他的——开始吧!他立马找起那张纸来。上面记录着一个梦:一群黑衣男子越过一道沟渠,消失在一片白雪覆盖的平原中。忽然,梦的含义在他看来似乎相当清楚:一群犯下欺骗国家罪行的官员,克服重重针对他们的障碍,安全抵达白色的平原;这意味着政府的垮台。

马克-阿莱姆飞快地写下这一解析,可还没填完最后几个字就转而一想:"这实际上就相当于一个反政府阴谋!"

他重又读了一遍自己的解析,确信那梦的确同某种阴谋有关。可给他的案卷只涉及法律、秩序和腐败呀!他绝望至极,笔不由得从麻木的手中掉了下来。他还以为自己做出了点名堂哩,结果却又一次令人失望!但且慢,他想。也许这并不那么糟。毕竟,既然那些官员两者都有牵连,那么,在腐败和反政府阴谋之间也就没有多大区别。

再说——他真蠢啊,居然先前没有想到——案卷的分类也并不一定那么严格。为何法律和秩序案卷中就不能包含涉及国家大事的梦呢?没有任何道理。他们不是常对职员说,能在乍看起来极为普通的地方发现特别的含义,应该予以表扬?没错,他们曾经这么明白无误地说过,他记得。他们甚至还说,许多特等梦都来自最不起眼的案卷。

马克-阿莱姆这下感觉好多了。趁冲劲还没减弱,他又拿起四个读过好几遍的梦,在每个梦上都加上了自己的解析。他对自己感到相当满意,准备接着处理第五个梦。这时,不知何故,他又找出第一个梦,重读了一遍自己附加的解析,心里顿时充满了疑惑。我会弄错吗?此梦还会有另外的解释吗?他想。片刻之后,他便已相当肯定自己判断有误。他的额头上冒出了大串大串的冷汗:他坐在那里,盯着自己刚刚欣然写下的字行,此刻,它们显得那么陌生,充满了敌意。他该怎么办?

随后,他对自己说,真该死,这里每天都要处理成千上万个梦,谁又会去专门留意这一个梦呢?他正要原封不动地将它放回原地,但在最后一刻,手又挪开了。要是有人发现他的错,会怎么样?况且,这又是个牵涉到国家官员的梦!政府圈子或许会以某种方式了解这一情况,最最糟糕的是,或许人人都会以为矛头正对着他们或他们的同事哩。有关部门就将追查到底是谁解析了此梦。当他们查明是他时，会说："哦，哦，是个名叫马克-阿莱姆的家伙，刚到塔比尔·萨拉伊做事的毛孩子，解析头一个梦，就企图毁谤国家高级公仆。最好对草丛中的毒蛇多加小心啊！"

马克-阿莱姆匆忙合上案卷，就像要防止任何人看到他写的东西。趁现在还来得及，他绝对必须弥补他的大错。可如何弥补呢？他突然想到，干脆将此梦丢掉算了，但转而记起，每个文件夹上都写明里面梦的数量。窃取一个梦足以将你当做小偷直接送进大牢。别的法子，别的法子——他必须想想还有什么别的法子！要是他没有这样匆忙行事，要是他没有这样疯了似的写上了字，此时，他完全可以给予此梦一个截然不同的解释。是某种恶魔般的冲动让他自取灭亡。这下他可就彻底完蛋了。可不会这么快吧，他想，也许一切还没成败局哩。

他再次用目光扫了一遍自己的评语，断定还有一条出路或许行得通。当他第三次读起那页时，不由得感到惊讶，自己先前居然没有想到这点。这时，一种意想不到的如释重负的感觉传遍他的全身。毕竟，做些修改，纯属平常之事。他会尽量做得不显山不露水：看上去就像是进一步完善和润色。只要改动一个词，就可大功告成。他又一次读起了那段话："一群犯下欺骗国家罪行的官员……"终于，他用颤抖的手，将此话改成："一群阻止了某项欺骗国家罪行的官员……"随后，他又反复核对了一下。一切像是十分妥帖。你几乎看不出有什么改动。即便有人注意到，他们也会将它当做一次纠正的。他松了口气。事情终于搞定了……马克-阿莱姆,犯下了一项欺骗国家的罪行……

他惊恐地察看了一下自己的周围。要是被人发现,可怎么办?胡言乱语,他对自己说。同一张桌上,离他最近的那位职员和他也有相当的距离,根本无法看清案卷的名称,更不用说他写的字了。我的字写得就像蜘蛛似的,也是件好事,他想。现在,在这番折腾之后,他可以稍稍喘口气了。多么可怕的差事啊!

他偷偷地打量了一下屋子的各处。同事们都在安静地伏案工作。你甚至都听不到他们动笔的声音。时不时地,会有一位离开桌子,尽可能悄悄地走向门口。显然,他是到下面档案部去查询过去的相关解析——有些已有不少年头,出自技艺精湛的解析员之手。"天哪!"他望着几十个埋头钻研案卷的同事,在心里发出了一声感叹。

那些案卷中全是世上的睡梦,一片恐怖的海洋,他们试图在其表面发现某些细小的征兆或信号。我们真是些不幸的可怜虫啊!马克-阿莱姆想。

他想让自己再读几页,但感觉脑子已经不再运转。即使眼睛望着案卷,心思也在别处。一些戴着头罩的士兵。乡村广场,成千上万只鞋,上方一根金属线。更多的雪,但这一回堆在大箱子里,连同……一套男式衣服!"我完全心不在焉了。"他想。忽然,怀着一种奇怪的几乎类似希望的感觉,他记起了在宫殿读到的第一个梦。三只白狐,蹲坐在当地清真寺的尖塔上。那是个不错的梦,绝对清晰而又明白。在这片可怕的梦的海洋中,它现在又在哪里呢?哎,他叹了口气,又捡起了一页。休息前,他起码还得再破译两个。然而，铃声似乎提前响起。他合上了案卷。

楼下照样是一片喧闹。唯有在喝咖啡和沙兰勃的地下室，你才有机会遇到几个认识或不认识的人，说上几句话。马克-阿莱姆在筛选部待的时间太短，认识的人本来就不多，在食品部就更难得见到他们了。即便碰上，他们也都显得古怪而又疏远，仿佛属于他人生中某个久远的年代。他更爱和陌生人聊天。在筛选部，他一天舒心的日子也没有过。这或许也是他尽量回避昔日同事的缘由。

在解析部，日子同样冗长乏味。可今天是个例外。今天，他终于有进步了。兴许正因如此，去地下室喝咖啡时，他一扫平时的郁闷状态，显出了一点开心的神情。

"你在哪个部门工作？"他以随意轻松的口吻，同站在自己对面的人说起了话。他在一个摆满空咖啡杯和玻璃杯的小桌边找了个空地。

对方挺直了身子，仿佛遇到了一位上司。

"在誊写室，先生。"他回答。

马克-阿莱姆知道自己的判断没错。你能一眼看出此人刚来上班，就像他自己一个月前那样。他呷了一口咖啡：

"你病了吗？"他问，惊讶于自己的鲁莽，"你的脸色特别苍白。"

"没有，先生，"对方放下手中的沙兰勃，回答，"只是我们的工作量太大了，而且……"

"噢，当然，"马克-阿莱姆还像刚才那样说道，不知自己怎么会变得如此冷淡，"也许这是梦的高发期吧？"

"是的，是的。"对方使劲地点着头，附和道。马克-阿莱姆觉得，再这么使劲点下去的话，他的细脖子都会断的。

"您在哪儿呢？"小伙子怯生生地问。

"我在解析部。"

小伙子先是睁大了眼睛，随后又露出了微笑，仿佛想说："我想也是。"

"赶紧喝吧——要不就凉了！"马克-阿莱姆注意到，小伙子激动得忘了再端起杯子了。

"我还是头一回见到解析部的先生，"他恭敬地说，"真高兴啊！"

他几次端起沙兰勃，随后又放下，身不由己，无法将杯子举到嘴边。

"你在这里干了多长时间？"

"两个月，先生。"

仅仅两个月，你就瘦成皮包骨了，马克-阿莱姆心想。天晓得他自己不久之后会变成什么样子……

"我们最近工作多得可怕，"小伙子终于喝了一口沙兰勃，说道，"每天都得加好几个小时班。"

"看得出来。"马克-阿莱姆说。

小伙子笑了笑，仿佛想说："有什么办法呢？"

"碰巧幽闭室又在我们办公室附近，"他接着说，"因此，审讯时，一旦需要抄写员，他们就来找我们。"

"幽闭室？"马克-阿莱姆问，"那是干什么的？"

"您不知道吗?"小伙子说。马克-阿莱姆立即后悔自己不该这么问了。

"我从没和他们打过交道,"他咕哝了一句,"当然喽,倒是听说过。"

"他们差不多就在我们隔壁,"抄写员说。

"他们在宫殿的禁区吧?那里有哨兵把守着。"

"正是,"小伙子兴致勃勃地说,"哨兵就站在门外。那么,您去过那里吗?"

"去过,不过是为了别的事。"

"旁边就是我们办公室。因此,他们需要抄写员时,就来请我们帮忙。是啊,那差事实在是可怕。眼下就有个人被关在那里。他们已经连续审了他四十天了。"

"他做了什么?"为了使问题显得漫不经心,马克-阿莱姆打着哈欠问道。

"您这是什么意思——他做了什么?人人都很清楚,"小伙子瞪着马克-阿莱姆说,"他是个做梦者。"

"做梦者?那又怎么样?"

"您也许知道,那些屋子里关着做梦者。塔比尔·萨拉伊将他们叫来,让他们说说清楚他们送来的梦。"

"哦,对了,我听说过。"马克-阿莱姆说。他又要打哈欠了,但就在那一刻,他发现小伙子眼中的光芒消失了。

"也许我不该提这,因为这是秘密,就像这里的一切。但听您说您在解析部工作,我还以为这些您都知道哩。"

马克-阿莱姆笑了起来。

"你后悔说了这些了吧？不用担心：我的确在解析部工作。我了解的重大秘密可比你对我说的要多呀。"

"那是当然，那是当然。"对方说着提起了精神。

"再说，"马克-阿莱姆压低嗓音，补充说，"我是库普里利家族成员。所以，你没有什么可担心的……"

"天啊！"抄写员说，"我预感到了……您好心同我说话，我真是感到幸运啊！……"

"幽闭室那个做梦者的情形如何？"马克-阿莱姆打断了他，"有什么进展吗？你是抄写员，是吗？"

"是的，先生。我最近一直在那里工作。我这会儿就刚从那里出来。他的情形如何？哦，怎么说呢……迄今为止，他的供词我们都已填满好几百张纸了。当然喽，他是茫然不知所措，但这不能怪他。他只是一个普通人，来自东部边境一个死气沉沉的省份。他递交自己的梦时，绝对没想到，最后会被关进塔比尔·萨拉伊。"

"他的梦到底有何重要之处呢？"

小伙子耸了耸肩。

"我不知道。表面看来，好像十分普通，但既然他们这么大惊小怪，那就肯定有什么名堂。好像是解析部将它退回要求进一步说明的。即便他们费了这么大劲，也没弄清什么情况——实际上，反倒更加让人摸不着头脑了。"

"我不明白他们究竟想从做梦者身上得到什么？"

"我真的说不清楚。我自己也不太明白。向他了解细节时，他们提到的一些问题显得奇怪或反常。他自然答不上来。好久以前做的梦了……不管怎样,在被关了这么长时间之后,他都不知道自己身在何处了。甚至都记不得自己的梦了。"

"这种事经常发生吗?"

"我觉得不。每年顶多两三回吧。否则,人们受到惊吓,呈报梦时,就得重新想想了。"

"当然。那他们现在打算如何处置他?"

"他们将继续审讯,直到他……"抄写员举起手,"我真的不知道。"

"真是奇怪,"马克-阿莱姆说,"这么说,将梦送到塔比尔·萨拉伊也是有一定危险的。说不好哪天你就会收到一封信,让你到这里走一趟。"

小伙子正要回答,这时,休息结束铃声响起。他们匆匆告辞,然后各自朝自己的部门走去。

上楼的路上,马克-阿莱姆还在琢磨刚才听到的事情。抄写员谈到的那些幽闭室究竟干什么用的?乍一看,这一切似乎显得荒唐可笑,莫名其妙,但其中必定有更多的蹊跷,涉及的无疑就像某种监禁。然而,目的何在?抄写员提到,囚徒显然根本不记得自己的梦了。这一定是禁闭的真正目的:逼迫他忘掉一切。日日夜夜让人疲惫不堪的审问,没完没了的报告,假装详细了解一些本质上含糊不清的事情——就这样持续不断,直到那梦开始瓦解,最后彻底从做梦者记忆中消失,所有这一切只能被称做洗脑,马克-阿莱姆想。或者变成一个非梦,正如非理性相对于理性那样。

他越想越觉得只能这么解释。一定是要筛出某些颠覆性念头。国家出于种种原因需要将这些念头隔离,就像人们为了消灭瘟疫病毒而首先将它隔离那样。

马克-阿莱姆抵达楼梯顶端,此刻正同十来个同事一道沿着走廊往前走去。那些同事三三两两消失在了不同的门里。越靠近解析室,他就越没了在食品部时的那种狂妄感。这只是一种暂时的感觉。当这种感觉来自他人的谄媚时,常常会这样。想到自己重又变成庞大机构中一名微不足道的职员,他早已没有什么狂妄感了,取而代之的是涌上心头的窒息感。

一步步走近时,他就能看到自己的桌子和摆在桌子上面的文件夹。走上前去,坐在桌旁,他感觉自己就像坐在了宇宙睡梦的岸边,坐在了某个黑暗区域的边境。一股股令人恐惧的黑暗的气流从它那不可预测的深处喷涌而出。"保佑我吧,全能的真主!"他叹息。

天气愈加严酷了。即便早晨一上班就添足煤,点上大砖炉,解析部办公室里依然冻得要死。有时,马克-阿莱姆都不敢脱去大衣。他不明白寒冷究竟来自何处。

"你猜得到吗?"一天,在食品部喝咖啡时,有人说道,"它来自案卷——我们所有的麻烦也都来自那里,老伙计……"

马克-阿莱姆装作没听见。

"你能期望睡眠王国散发出其他什么呢?"那人继续说道,"它们犹如死亡国度。我们这些可怜虫,不得不对付这样的案卷!"

马克-阿莱姆没有应声,走开了。后来,他怀疑,那人可能是坐探。每天,他都越来越肯定,塔比尔·萨拉伊充满了稀奇古怪的人和各式各样的秘密。

这回听到有关塔比尔的事情,以及那里进行的所有事情!起初,那里的工作人员似乎从不谈论塔比尔,但随着时间的推移,他今天在食品部听到一句怪话,明天在走廊,或走出大门时,或旁桌又听到另一句,如此日积月累,有意无意中,他的脑海里便建立起一块巨大而又非凡的拼图。譬如,有些人说,睡梦,作为个体隐秘而又孤独的幻觉,仅仅属于人类历史中一个短暂阶段,总有一天,它们会失去这一特性,变得像人类其他活动那样适用于所有人。正如植物或水果在破土前要在地下待上一段时间,人类的梦目前也被埋在了睡眠中;但这并不意味着总会如此。总有一天,梦会出现在白昼的光芒之中,并在人类思想、经验和行为中占有恰当的位置。至于这究竟是好是坏,究竟能让世界变得更好还是更坏——只有上帝知道。

而另一些人坚持认为,《启示录》本身就是梦挣脱睡眠牢笼的一天:正是在睡眠形式下,通常被人们以陈腐和玄奥手法描绘的死而复生真的发生了。难道梦归根结底就是死者以先知身份发出的信息?死者古老的呼吁,他们的哀求,他们的悲痛,他们的抗议——不管你想叫什么吧——总有一天会以这种方式得到回应。

还有一些人同意这一观点,但提出了截然不同的解释。他们认为,当梦出现在我们宇宙严酷的气候中时,会得病,并湮灭。如此情形下,生者就会与极度痛苦中的死者决裂,同样也就会与他们的过去决裂。有些人兴许会把这当做一件坏事，而另一些人则将它视为一种解放，一个真正的新世界的来临。

所有这些无益而琐碎的分析让马克-阿莱姆感到腻烦和厌倦。可他发现那些漫长单调的日子更加难过：没人说话，没事发生，他不得不做的一切就是俯身在案卷上，穿过一个又一个梦。仿佛身处大雾之中，这大雾时不时地像是要散去，但大部分时间依旧那么厚重阴郁。

今天是星期五。特等梦官员办公室里，人们一定相当激动。特等梦已经选好，他们正准备将它送往君主的宫殿。一辆饰有皇室纹章的四轮马车已在外面等候多时，周围全是卫兵把守着。特等梦就要上路。即便在此之后，那一部门依然会处于骚动之中：先前的紧张还会持续，人们起码会很好奇，想知道那梦在苏丹的宫殿里将受到怎样的接待。通常，到了第二天，他们就会有些说法：君主大悦，或者君主不置可否，或者，有时，君主不满。但这种情形极少出现；非常非常少。

不管怎样，那一部门比其他部门更有生气，更加活跃；日子还有点花样。有星期五这个盼头，一周也就过得更快。而在所有其他部门，只有厌倦、单调和乏味。

然而，马克-阿莱姆想，人人梦想着能到解析部做事。要是他们知道这里的时间多么难捱就好了！而且，似乎那还不够，总有一块恐惧的乌云笼罩着一切。（自从生炉子后，马克-阿莱姆总觉得，这持久的焦虑散发出了煤的气味。）

他俯身于案卷，重新读了起来。此时，他对这项工作已比较熟悉，探究梦的含义时，也不那么费劲了。再过几天，他就将完成他的首批案卷。只剩几页了。他读了几个令人厌烦的梦，都是关于诸如此类的琐事：不流动的污水；泥炭沼里痛苦的小公鸡；在有异教徒出席的宴席上，一位客人的风湿病治愈了。什么玩意儿！他想着放下了笔。仿佛他们把最糟糕的留到了最后。他想着特等梦官员的屋子，就像某个人，身处特别沉闷的环境之中，会想到一间即将举办婚礼的房子。他从没见过这些屋子，都不知道它们在宫殿的哪个方位。但他可以肯定，它们不同于其他屋子，一定有着直达屋顶的高窗，一道庄重的光照射进来，让所有人和所有事都变得崇高。

"嗐……"他叹了口气，重又拿起了笔，强迫自己不停地工作，直到下班的铃声响起。文件夹中还有两页没有审读。不妨现在就读。他读了起来。

其他职员离开桌子，朝门口走去时，在他周围发出了一阵喧闹。但没过多久，寂静重新恢复，屋子里只剩下了几个决定加班的人。大多数同事离去后，空荡荡的屋子让马克-阿莱姆感到压抑。实际上，每次加班，他都有同样的感觉。但他又有什么法子呢？偶尔自愿加班，都会被视作好的表现。更何况，有时上司还会要求你晚点走。马克-阿莱姆已决意牺牲又一个夜晚。

停住一声长长的叹息，他开始审读倒数第二页。真是有趣，在浏览了第一行后，他想。以前在哪里见过此梦？桥边、一块荒地、一些垃圾和一件乐器……他惊讶得差点叫出声来。他还是头一回碰到一个自己在筛选部时审读过的梦。感觉就像遇见了一位老友那么开心。他环顾四周，想对什么人说说这一巧合。可此刻屋子里没有多少人，而离他最近的同事也至少在十码以外。

这一小小发现带给他的激动还没平息，他就读起了有关文字——起先，有点漫不经心，随后，越来越仔细。许多梦一开始看起来似乎毫无意义——它们犹如光秃秃的悬崖，你找不到任何的立足点——然而，只要稍微灵机一动，你就会发现一个线索。他会像在处理其他梦时那样，设法找到解析此梦的钥匙。毕竟，他现在已经有了一定的经验。垃圾覆盖的荒地、老桥、古怪的乐器和愤怒的公牛——这些都是极有意味的象征。但他还不明白是什么将它们连在了一起。而在解梦中，不同象征之间的关系通常比象征本身更为重要。马克-阿莱姆将它们反复搭配：桥和公牛，乐器和荒地；接着，桥和乐器，荒地和公牛；最后，公牛和乐器，桥和荒地。最后的搭配似乎产生出一点意义，但并不太符合逻辑：一头公牛（脱缰的野蛮的力量），受到某种音乐（背叛，秘密，宣传）的激发，试图捣毁老桥。倘若不是桥，而是一根柱子，或城堡的墙面，或其他什么表示国家的象征，此梦就会有一定的含义；可一座桥并不表示任何此类的事物。就像喷泉和道路，通常象征某种人类实用的事物……且慢，马克-阿莱姆心里想到，忽然吓得喘不过气来。那桥会不会同他自己家族的姓氏有什么关联？……这会不会是某种凶兆？

他又读了一遍，呼吸重新变得自如：公牛其实根本不在攻击老桥，只是在荒地周围冲来冲去。

这是个毫无意义的梦，他想。与之重逢的喜悦接着被一种轻蔑所替代。此刻，他记起，甚至在筛选部看到它时，他也觉得它缺乏意义。他应该当时当地将它扔进废纸篓里！他在墨水池里蘸了蘸笔，正要给梦标上"不可解释"时，手停在了半空。听听监理的意见，如何？当然喽，虽然你可以征求意见，但他们并不希望你过多地这么做。马克-阿莱姆开始失去耐心。最好继续审读并赶紧做完这些案卷。他已经在它身上花费了太多时间……

他拣起最后一个梦，三下两下处理完毕，随后又回到那个被暂时搁置的梦。就在他犹豫不决，不知该不该标上"不可解释"，将它归档，然后回家时，解析部主管走了进来。他低声同监理说了几句，环顾了一下四周，似乎要点一点留下的人数，随后又对监理嘀咕了点别的什么。

他走之后：

"你和你。"监理的声音响起。

马克-阿莱姆回头看了一眼。

"那边，你们两个。还有你，马克-阿莱姆，你们全都得加班。上司刚刚通知我，有个紧急案卷，今晚必须做完。"

谁也没有吱声。

"在案卷送到之前，到楼下食品部去吃点东西吧。我们也许会待到很晚的。"

他们慢慢吞吞，一个一个走出了屋子。来到走廊上，他们听到钥匙的转动声和门栓的插动声从各个方向传来。最后一批滞留者正要回家。

这么晚时，食品部格外令人沮丧。几个留下的售货员，他们那因疲惫而扭歪的脸；为了扫地而被推到一边的桌子——所有这一切都显得十分忧郁。马克-阿莱姆要了杯沙兰勃和一个面包卷，走到柜台的尽头站着。他不想受到打扰。他镇定地喝着沙兰勃，一小口一小口机械地咬着面包卷，吃完后，慢悠悠地走了出来，两眼既不看左边也不看右边。

当他来到一楼漫无止境的走廊时，停住了脚步，仿佛晕厥了片刻。天还没黑，但阴影已渐渐笼罩一切。最后一缕日光透过一扇离地面很高的窗户照射进来。他没有理由匆忙赶路。与其在规定时间之前回去，将自己关闭在可憎的办公室里，还不如四处溜达溜达。走廊里空无一人。他忽然感到相当开心，能在这开阔的空地独自走来走去。走廊一头的大窗户中透进一缕光线，还没穿越窗框上的灰尘时就已褪成了灰色。

马克-阿莱姆，来到窗户下面那段走廊，仰望着那仿佛来自深渊底部的矩形的光线。他正要拐过角落，忽然觉得，在这聋哑世界里，听到了一个响声。他停了下来，竖起了耳朵。听起来像是有脚步声在靠近。也许是看守在检查门是否关严，他想。正要继续往前时，更多的声响让他原地不动。这一回，声音更近了，好像来自另一条和主路交叉的通道。马克-阿莱姆紧贴着墙，等待着。我的天哪，当他看到一群人肩扛着一口黑色的棺材从侧道走出时，不禁在心里惊叫了一声。他们没有注意到他，继续沿着先前那条侧道向前走去，很快便消失了踪影。一定是外省的那位做梦者，当脚步声渐渐远去时，他在心里想到。他四处张望了一下。他刚好站在前不久看见哨兵的地方。那哨兵正把守着单独监禁室哩。我的天哪，他再次想到——一定是他！

踏上楼梯时，他心里充满了不断增长的痛苦。他常常想起那位不幸的做梦者，但决没有料到他会落得这番下场！好几次，他甚至还在食品部寻找那位抄写员，想向他打听一下囚徒的近况——他最终被释放了，还是仍然在那里。可显然，那个可怜的家伙没能彻底忘记自己的梦。要么事先就已规定：无论是谁，只要被召进塔比尔·萨拉伊，就必然遭遇同样的下场？太可怕了！他想，惊讶于自己的愤怒。你不满于你摧毁的其他一切——你还要吞没人类！

回到桌旁，他发现桌上摆着一份新案卷。那是他离开时，监理放在那里的。他几乎带着仇恨的情绪，粗粗看了一眼，注意到案卷只有五六页纸。他必须在当晚读完这些。屋子里已经点上了灯。比先前更冷；中午之后，没人给炉子里添过煤。他读起了第一个梦的描述，几行后，意识到此梦占去了整整一页，而且好像还要继续占用下一页。这种情形十分罕见。

马克-阿莱姆翻过此页，看到即便在第二页，那梦的描述还没结束。下一页同样如此。总之，令他大为惊诧的是，整份案卷只记载着一个梦。他从没遇到过这么冗长的叙述。这一定是个非常特别的梦，他想着便开始浏览了起来，就连作者的姓名和地址都没顾得上看一眼。这个啰里啰唆的杂烩，这个最后注定不可解释的杂烩，他将不得不花费整个夜晚同它搏斗。这是怎样的前景啊！

结果证明，此梦真的是个杂烩。如此狂乱的东西通常会交给那些最出色的解析员处理。甚至有人说，很久以前，筛选部和解析部都为此类梦开设了特别的档案。叫作狂乱档案。但后来，由于种种从来没有解释清楚的原因（将这一档案看做致命一击的倾向据说才是真正的解释），人们放弃了这一做法，并将这种杂烩按照内容分成通常的类别。但各室的监理依然小心翼翼地将这类材料交给最熟练的职员。马克-阿莱姆居然也分到了这样的案卷。对此，他感到莫名其妙。这是解析部那些头头脑脑对他能力的过分信任呢，还是某种诡计？

与此同时，他越来越兴奋地继续研究着此梦的描述文字。真是不同凡响。起先，一帮衣衫褴褛的流浪汉在没有树木的平原上游荡。平原上正在流行十一世纪老虎尸体传出的瘟疫。整个第一页全部用来描述这些流浪汉的游荡历程。他们显然诅咒了一座名叫卡尔托赫，卡雷托赫，卡尔托克雷特，或诸如此类名字的火山。（它的名字就像它的西边坍塌那样迅速地支离破碎了。）与此同时，一颗奇异的星星照耀着平原。这时，谵妄的做梦者正好就在近旁。他试图沉入地底，这么做时，遇见了一个光的碎片，钻石一般被埋在宇宙时间中寻常一天的子宫里——一个不可溶解、难以破裂的碎片，即便火也无法将它摧毁。从泥沼中露出的光的碎片，那么光亮，让做梦者眼花缭乱。于是，盲目的他来到了地狱。

"真是个白痴。"马克-阿莱姆想。他一定心不在焉！可他继续读着。正文的另一部分是有关地狱的描绘。但这一地狱并不同于人们通常想象的那样，里面居住的并非人类，而是死亡的国家。它们的躯体伸出，一个紧挨着一个躺在那里：帝国、酋长国、共和国、君主国、同盟国……"哼！"马克-阿莱姆想。行啊，行啊……其他且不说，此梦他乍一看还觉得没什么害处，其实十分危险。他翻回到前面，想看看上报此梦的这个胆大的家伙的名字和地址：十二月十八日下半夜由住客X梦于罗伯特兄弟客栈（阿尔巴尼亚中部帕夏管辖区）。

狡猾的家伙，他怀着一丝欣慰想到，他逃脱了！（有那么片刻，他在心中看到了覆盖着黑色材料的棺材，此时无疑朝着京城的主要墓地行进。）这个家伙在最后一刻发现了危险，仓皇逃窜了……马克-阿莱姆在椅子上坐定，继续往下读。那些死后进入地狱的国家并没有受到人类通常会遭受的惩罚。更有甚者，这一特别地狱还有一个不同寻常的特征：它的居民可以逃脱并返回地面。如此一来，有朝一日，某些死了很久并已变成骷髅的国家就有可能缓缓升起，重新出现在世上。只不过，就像演员为同一出戏的另外一幕化装那样，它们必须做些调整：更改名字、徽章和国旗，虽然本质上它们还依然如故。

"行啊，行啊。"马克-阿莱姆又一次想到。儿时起，他就一直习惯于那些有关国家和政府事务的谈话，因此，很快就猜出了所谓做梦者的意图。在他看来，很清楚，除去前面部分，此梦根本就是捏造。他感到奇怪，此梦居然通过了筛选部。或者也许，看到它的挑衅性质，人们出于秘而不宣的理由，将它放行了。可究竟是什么理由呢？为何又将此梦专门交给他处理？尤其还以这种方式，作为急件，必须加班处理。他的脊梁骨上打了个寒战。与此同时，他的眼睛还在继续阅读：我看到人们为了掩盖血迹将帖木儿国油漆一新，因为它已准备复活，我还看到希律国也处于同样的进程：那一国家据说将要第三次返回地面，在看上去要崩溃之后，它将不断地复活，一次又一次，永远没有止境……

马克-阿莱姆用颤抖的手指整理了一下案卷。挑衅是明显的。但他不能落入圈套。他将让他们瞧瞧他是什么材料制成的。他将提起笔，为此梦做出批注："由于种种原由而捏造出来的反对国家的挑衅，里面有如下含沙射影之处。"是的，他将这么说！在此梦的上报者看来，所有现代国家，包括奥斯曼帝国，都只是些被时间埋葬的老朽的、嗜血成性的政体，仅仅作为幽灵返回到了世上。

马克-阿莱姆喜欢这样的表述方式，正打算将它写在纸上。突然，怀疑袭上心头。假设有人问："马克-阿莱姆，你对此类事情怎么会如此了解？"他放下了笔。他可不能如此暴露自己。他最好以一种更为节制的方式重写自己的评语。比如这样："捏造，有挑衅迹象，由于没有姓名和地址，进一步加强论证可疑成分。"

是的，他将这么写。但不管怎样，匆忙行事，毫无意义。所有留下加班的职员都还坐在屋子里哩。马克-阿莱姆张望了一下。苍白的灯光使得屋子和零零落落的几个职员看上去比平时更加阴郁。天也越来越冷。他不该脱去自己的大衣。他们还得待多久？他注意到，只有两个职员在写；其余的都像他一样，手托着头，在思考。他们得到的是一般的梦呢，还是像他分到的那样的狂梦？也许，他的梦独一无二？狂梦相当稀少，就像同其他鱼一道被网住的鲨鱼。无论如何，其他梦也有可能同他的相似。部门主管突然闯入，而且如此之晚——几乎在通常下班的时刻，只要想想这就会明白了。一定发生了什么事。马克-阿莱姆再次打了个寒战。

终于，有个职员站起身来，将案卷交给监理，走了出去。马克-阿莱姆拿起笔，但又提醒自己还有充裕的时间，于是，再次放了下来。用不了一刻钟他就能写完评语。他还可以推延一会儿。他的脑海中充满了阴郁的念头。

半小时后,又一个职员离开了屋子。马克-阿莱姆的脚冻僵了。他忽然想到,倘若再坐下去,他的手也会冻得无法写字的。这终于让他脱离了冷漠。他开始写起了评语。有一刻,他听到另一个职员起身离去,但没有抬头看是谁。写完时,屋里除了他和监理,还剩下三人。再有一人走时,他叮嘱自己,我就起身。由于某种古怪的原因,他想起了名字很怪的罗伯特兄弟客栈。此梦正是在那里起源或制作的。他试图想象那位面孔黝黑的旅行者,在破晓时分准备离去时,脸上露出恶魔般的笑容,将那封封好的信投进客栈大门上的信箱里。

一把椅子发出的咯吱声打断了他的沉思默想。又一个职员走了。此刻,除了他,只剩下两人了。他决定,作为部门的新手,他最好最后一个或至少最后第二个离开。他等待着其中一个回家。现在,我该起来了,他想。兴许,监理也在盼望剩下的两人赶紧起身哩。

马克-阿莱姆直起身来,合上了案卷。时间一定很晚了。从他扭歪的面容可以看出,监理也同其他人一样,筋疲力尽。马克-阿莱姆走上前去,将案卷递给了他。

"晚安!"他轻声说。

"晚安!"监理回答,"你知道出去的路吗?时间已晚,塔比尔所有的大门都关上了。"

"真的?"这他还是头一回听说,"那我们怎么出去呢?"

"从传达室,再从后院,"监理说,"估计你没去过那里,但你肯定能找到的。这一时间,走廊上的灯,只有那条路上的才亮着。你只需跟随它们走。"

"谢谢您!"

马克-阿莱姆来到走廊上,意识到监理说得没错:只有一边的灯亮着。他按照监理所说的那样动身离去,一边走,一边听着自己的脚步声:在那样的孤独中,它们听上去完全不同。要是迷路,可如何是好?有两三回,他这么想。兴许,我该和哪个认路的同事一道走。越往前走,他就越感到紧张。跟随着灯光,他离开主路,走进一条侧道,接着又来到另一条走廊。走廊那么长,他都看不到尽头。整个地方空空荡荡。昏暗的灯光消失在远处。他走下两三个台阶,进入另一个有着拱顶的极为狭窄的通道。这里,灯光更加稀少,也更加昏暗。还得多长时间才能走出去呢?他纳闷。有一刻,他都盼望着能看见那些抬棺材的人在角落处出现,依然在这大楼没完没了的走廊里行进。要是我一直这么走下去的话,我会疯了的,他想。兴许,要是他停下来等待,就会有人出现在他面前,领他出去。或者,回到解析部,重新同另外两人一道启程,会不会更好呢?最后这个方案似乎最为明智,但这里又有一个问题:要是找不到返回的路,怎么办?只有鬼才晓得这些虚弱的灯光是否真的能把他带回那里。

马克-阿莱姆决心继续往前赶路。尽管他竭力想让自己定下心来,可还是感到口干舌燥。说穿了,即使迷路,那又有什么要紧的?他又不是在广袤的平原或森林里。他只是在宫殿里。可一想到迷路，他依然会胆战心惊。他将如何在这些充满了梦和狂想的墙、屋子和地窖中间度过漫漫长夜呢？他宁愿身处一片冰冻的平原或狼群出没的森林中。是的，一千个宁愿！

他加紧了步伐。他已走了多长时间了？忽然，他觉得听到远处传来一个声音。兴许，那只是幻觉，他告诉自己。接着，没过多久，说话声再次响起，这一回更加清晰。但他还是无法辨别它究竟来自何方。

他依然跟随那排灯光，又走下两三个台阶，发现自己来到了另一条走廊。他推断那一定是在一楼。说话声消失了片刻，随后又传来，显得更近了。马克-阿莱姆竖起耳朵，尽快朝前走着，生怕会失去他此刻眼中唯一的希望。但那声音来回穿梭，从来没有完全消失。一会儿，好像近在咫尺，再一会儿，又遥不可及。此时，马克-阿莱姆实际上在奔跑，两眼紧盯着走廊的尽头，那里，一片微弱的光从外面透射进来。上天，求求你，但愿这就是那道后门！他祈祷。

正是。当他稍稍靠近后，他看出那是道门。他深深地吸了口气，整个身子突然地放松了下来，都几乎难以站直了。他朝门的方向又跟跄了几步。寒冷的气息，还有他先前间歇听到的噪音，从门外传进走廊。

当他来到门槛时，一幅特别的景象闯入了他的眼帘。宫殿的后院充满了灯光，和里面截然不同——那是一种幽幽的光亮，在一些地方，因雾霭而显得朦胧，而在另一些地方，零散的积水在石板上闪烁。院子里处处都是人、马和货车，有些亮着灯，有些熄着，全都在梦魇般的骚乱中奔来奔去。苍白的灯光，连同在雾霭中飞跑的马的嘶鸣，构成了一种几乎超自然的场景。

马克-阿莱姆站在那里，一动不动，看得目瞪口呆，不敢相信自己的眼睛。

"这是怎么回事？"他问一个抱着金雀花的路人。

那人转过身来，吃惊地望着他，但一看到马克-阿莱姆大衣上戴着塔比尔的徽章，就用相当友好的口吻回答：

"那是运梦者，长官——您没看见吗？"

真的是他们吗？他怎么就没想到？他们就在那里，身穿皮上衣，足蹬沾满泥浆的靴子，在四处奔走。那些货车，车轮上也沾满了泥浆，后面全都印有塔比尔的徽章。

他的目光落在院子右面一个单坡的棚屋：里面亮着灯，运梦者进进出出。那一定是接待室。据说，那里的职员每回都得连续工作一天一夜。马克-阿莱姆踏上湿滑的石板，在喧闹的车水马龙中挪动脚步。有几个人正四处寻找空地，好停住他们的马车。他不假思索地朝接待室走去，想到那里躲避一会儿。然而，里面的喧闹比院子里还要厉害。几十个运梦者在长柜台前站着：有些已经在交货窗口办完事情，而另一些还在等待。一些人在喝咖啡和沙兰勃。还有一些人在吃面包卷和好闻的肉丸子。

马克-阿莱姆发现自己被那些身穿皮上衣的大汉的肩膀挤来挤去。他们一边嚼着东西，笑着，大声发出各种各样的诅咒，一边漫不经心地为他让着路。

如此说来，这些就是著名的运梦者。自从儿时起，在他的想象中，他们几乎就是神圣的信使，驾着蓝色的货车，在帝国的道路上穿梭往来。有几位不仅靴子上，而且全身上下都溅满了泥浆：兴许，他们不得不抬起翻倒的货车，或扶起摔倒的马儿。他们的脸上显出焦虑、缺乏睡眠和筋疲力尽的迹象。他们的言辞，正如他们身上的一切，也与塔比尔老是坐着的职员有着天壤之别：粗鲁，傲慢，充满粗俗的词句。马克-阿莱姆，尽管已彻底陷入这一片纷乱，却开始这里那里听到只言片语。全帝国的消息这里都能听到。信使们讲述着他们来来回回的旅途经历，他们同不得不与之打交道的愚蠢的外省职员、喝得酩酊大醉的客栈老板以及在动荡的帕夏管辖区看守路障的哨兵的争吵。

一个嘶哑的声音引起了马克-阿莱姆的注意。他没有回头看谁在说话，而是竖起耳朵，想听明白他在说些什么。

"我的马儿拒绝往前走，"那人说，"它们嘶叫，喷鼻息，可就是一动不动。我刚刚离开耶尼谢希尔，那是个偏远的小镇。在那里我采集到几个梦——总共才五个，可花了一个月的时间，你就知道，那是怎样的一个死气沉沉的破地方了。我正独自在大平原上赶路。就在那里，我的马停住了。不管我如何挥舞鞭子抽打，它们都站在那里，纹丝不动。通常，在路上遇见死人时，它们也这样。我四下打量了一下。除了空空荡荡的大平原，什么也没有：没有坟地，也不像是有什么墓穴。就在我一筹莫展的时候，我忽然想起了在耶尼谢希尔采集到的那些梦。我脑子里闪过一个念头：也许正因为它们，马儿才僵立在那里的。睡眠和死亡不正是近邻吗？于是，我以最快的速度打开包，取出耶尼谢希尔案卷，下车，跑了几步，将它们扔在了稍远一些的地方。当我重新登上马车,策马前进时,它们立即就迈开了步子。吓死我了,我想,原来如此!我再次停下,返身回去拣起案卷,可一放回车里,马儿又故伎重演了。我该怎么办呢?我运过成千上万的梦,可还从没遇到过这样的怪事哩。于是,我就将案卷扔在大平原的中间,决定返回耶尼谢希尔。于是,我就和塔比尔耶尼谢希尔办事处的头儿有了一番口角。我对他说:'我不能带走你的梦了……你自己来看看吧。我一将你的案卷放上车,我的马儿就不肯动身。'于是,那笨蛋嚷嚷了起来,'已经有五个星期了,没有一个人愿意带走我的梦,这会儿,你又想撒手不管了!我要上告,我要给总部写信,给谢赫本人写信!''你尽管去告吧,'我说,'我的马儿不会为之所动。我不会因为你那五个该死的梦而扔下所有其他梦不管的。你想也别想。'你该听听他说的话!'噢,那当然,'他说,'你们就这么对我们的梦不屑一顾。自然喽,你们会觉得它们粗野——你们更喜欢京城那些艺术家和朝廷大官的梦。可在最高层,有人认为我们的梦才最真实,因为它们来自帝国的深处,而不是来自那些涂脂抹粉的花花公子!'那猪猡啰里啰唆,说个不停——我不知如何管住自己的拳头!嗨,我没有揍他,而是直言不讳地教训了他一通。他不放我走,实在让我怒火冲天。我如实说出了自己对他以及他那个臭镇的看法:那里住着一帮酒鬼和病人,他们做的梦那么臭,就连马儿都被吓着了。接着我说,要是依了我,起码再过十年,才会让人审阅耶尼谢希尔的梦!他气得口里直吐白沫,比马儿还严重!他说他将写份材料,将我说的话一五一十报告给当局。我说他要是这么干,那我就把他辱骂塔比尔的话捅上去。'什么！'他大叫，'我，辱骂神圣的塔比尔·萨拉伊？你怎么竟敢说出这种话来？''没错，你说它是朝廷大官和涂脂抹粉的花花公子的老巢！'对那样一个愚蠢的土包子来说，这句话已经太厉害了。他哭了起来，求我发发慈悲。'可怜可怜我吧，长官！'他说，'我有妻儿老小，您千万别这么做啊……'"

有一会儿，阵阵笑声淹没了运梦者的话语。

"那么，后来怎么样了？"有人问。

"随后，镇长和伊玛目来到了现场。有人将正在发生的口角通报给了他们。当他们听清原委时，起先只是一个劲地挠头，不知如何是好。他们不愿强迫我带上文件，因为那样就等于扣留我。他们两人都确信，文件搁在身后，马儿决不会动身的。可另一方面，他们又不能承认，他们镇呈送的梦如此邪恶，都妨碍信使执行公务了。可我的时间十分宝贵。我还带着从其他地区收集到的一千多个梦，要是延误的话，会很危险的。于是，我就请他们和我走一趟，到我扔下文件的地方亲眼看一看。他们同意了。我们全都挤上了马车，我驾着车带他们来到了目的地。文件还在那里。我将它捡起，带上它钻进马车，然后朝马儿挥动鞭子。它们开始嘶叫，显得焦躁不安，可就是一动不动，仿佛魔鬼追上了它们。随后，我将文件交回到镇长和伊玛目手中，马儿拔腿就跑。有一刻，我真想当时当地一走了事，让那两位官员手持文件张着大嘴站在那里，但转而一想，这也许会给我自己惹上麻烦。于是，我转身返回。'你们看到了吧？'我说，'这下你们该信了吧？'他们目瞪口呆。'真主啊！'他们咕哝。就在他们绞尽脑汁，试图打破僵局时，地方办事处的头儿,生怕自己会因允许如此邪恶的信件呈报给塔比尔而第一个遭难,决定一封一封地从文件夹中取出信件,查明麻烦的根源,以免其他信件受到牵连。他们全都赞同这一主意,立即从袋子里取出那些梦。查出元凶,将它从文件中清除出去,并不费劲。就这样,我终于可以继续赶路了。"

"那不是梦——纯粹是毒药!"有人说。

"那他们现在该拿它怎么办呢?"另一个人问,"我寻思,没有什么马车能带上它,对吗?"

"就让它待在自己的老窝吧。"声音嘶哑的人说。

"可有那么奇特的魔力,这兴许还是重要的梦哩……"

"爱怎么着就怎么着吧,"信使说,"要是它由金子制成,因而马儿拒绝运载,那就说明它不是梦——而是魔鬼附身了!就是这么回事!"

"可是……"

"没有什么'可是'。如果马儿不愿带它,那它只好留在原地,留在耶尼谢希尔那个凄凉小镇随意腐烂!"

"不,那可不对,"一位年长的信使说,"我不知道他们现在办事的方式。但我们那会儿,要是发生这种事,就会依靠徒步信使。"

"那时真的有徒步信使吗?"

"当然有。马儿并不经常拒绝运载梦,但有时也会这样。那时,他们就得用上徒步信使。过去时代,也有一些好事。"

"徒步信使得花多少时间才能将梦从那里送到这里?"

"当然喽,这得看实际有多远。我想,从耶尼谢希尔到这里,差不多得用一年半时间。"

两三声惊讶的口哨响起。

"别那么大惊小怪的,"老人说,"政府还会用牛车抓兔子哩!"

他们谈起了其他事情。马克-阿莱姆又稍稍往前挤了几步。门口,屋子中央,交货窗口四周,处处都能听见大声的聊天。信使们在窗口按照并不明确的规定,交付他们的文件。有个伙计远离众人,独自坐在那里,眼睛红得像火似的,一边喝酒,一边嘟哝。马克-阿莱姆听说他在一家客栈喝得不省人事,将装有文件的袋子丢了。

院子里也不时地传来喧闹的说话声,还夹杂着车轮在石板上发出的动静。一些马车刚从远处抵达,另一些在交完文件后,又上路了。一声声的马嘶将恐惧注入马克-阿莱姆的灵魂。这一切将持续到凌晨,他想。最后,他终于挤出人群,踏上了回家的道路。

四　放假一天

两三回，他从梦中惊醒，生怕上班会迟到。他的手正要掀开毛毯，昏昏欲睡中忽然想起，他今天休息。他重新进入不太踏实的睡眠。自从到梦宫上班，他还是头一次被准许休息一天。

最后，他睁开了眼睛。照到枕头上的日光，因为天鹅绒窗帘的缘故，暗淡了许多。他伸直身子，躺了片刻，随后，掀开毛毯，起床了。时间一定不早了。他走到镜子前，望着自己那依然睡眼惺忪的面容。感觉头像铅一般沉重。他决不会相信，第一天休假，醒来时居然感觉比平时还要疲惫。平时那些早晨，他都不得不急急忙忙出门，穿过潮湿、大雾弥漫的街道，按时赶到办公室。

洗完脸后，他感觉稍微精神了一点。他好像觉得，只要自己使劲想想，就能记起清晨做过的两个短梦。自从到塔比尔·萨拉伊上班，他几乎不再做梦。就仿佛梦知道他已探测到它们的秘密，会叫它们去找其他人实施它们的诡计，因此，再也不敢拜访他了。

走下楼梯时，那令人愉悦的咖啡和烤面包的味道朝他扑面而来。母亲和萝吉已经等候他多时了。

"早上好，"他说。

"早上好，"她们宠爱地望着他回答，"你睡得好吗？你看上去精神不错，气色很好。"

他点了点头，在烧得正旺的火盆旁坐下。咖啡用具已在近旁一张矮桌上摆好。自从他每天拂晓时分不得不匆匆出门，他几乎忘记了这一愉快的时刻：银器反射的光芒、煤火、老火盆的铜边，同幽幽的日光一道，营造出一个永恒早晨的美好印象，渗透着无限的爱意。

他不慌不忙地吃着早餐，接着又陪母亲喝了杯咖啡。通常，她喝完咖啡后，会将杯子倒扣在托盘上。萝吉会来收拾。过去，每当这一时刻，家人们会互相讲述夜里做的梦。可自从马克-阿莱姆到塔比尔·萨拉伊上班之后，这一习惯便遭到了遗弃。这发生在一件小事之后。那是在他到宫殿上班的头一个星期。他的一位阿姨特意跑来，激动万分，对他讲述夜间做的一个梦。

"我们多么幸运啊！"她叫喊，"如今，我们自己家里就有了解梦的钥匙。我们再也不需去见那些吉卜赛人和未卜先知者了！"

马克-阿莱姆眉头一皱，发起火来——他很少如此。这个傻女人怎么竟敢将她愚蠢、无聊的梦给他带来？她把他当成什么人了？

起先，阿姨吓得呆若木鸡，随后怒气冲冲地走了。她的女儿们费了半天劲，才让她消气。

马克-阿莱姆凝望着余烬，此刻，在煤灰下面，它已变得微弱。

"今天还挺暖和的，"他母亲说，"你打算出去走走吗？"

"是的，我想是的。"

"尽管没有太阳，但呼吸点新鲜空气对你有好处。"

他点了点头。

"是的，我已很久没出去走走了。"

他又坐了片刻，没有言语，目光盯着火盆，然后站起身来，穿上大衣，吻别母亲，走了出去。

没错，正如他母亲所说，这是个阴天。他抬起头来，想在空空荡荡的天空上寻找一丝起码的阳光。天空的这种空空荡荡忽然显得让人难以承受。很长一段时间，马克-阿莱姆没有在一天中的这一时刻观望城市的天空。零零星星的几朵云，枯燥无味的几只鸟，所有这些都让他觉得天空丝毫也没有生气。自从到塔比尔上班以来，他每天一大早就出门，由于夜里睡得不够踏实，头依然晕乎乎的，傍晚回家时，往往筋疲力尽，根本没有心思关注任何事情。因而，此刻，他打量着城市，就像某人刚刚从短期流放中归来。他左看看，右望望，几乎带着吃惊的感觉。此时，不仅天空，而且其余一切，在他看来都破败、乏味、了无生气——那些墙，那些房顶，那些马车，还有那些树。到底发生了什么？他纳闷。整个世界似乎都已失去它的全部色彩，仿佛刚刚生了一场长病。

他胸口有冰凉的感觉。他的双腿，在将他的躯体带到他居住的街道上后，此刻，又将他领向了市中心。马路两边的人行道上都挤满了人，他们以某种勉强的准确步伐，僵硬地走着。车马的动作，以及某个人的叫喊，在他看来，简直有点吝啬。那人正在伊斯兰广场上大声宣读着公告，听起来仿佛要叫出世上所有的烦恼。

那么，生活、人类、尘世间的万事万物，究竟都发生了什么？那里——他在内心笑了起来，仿佛想起某个珍贵的秘密——那里，他的案卷中，一切如此不同，如此美丽，如此充满了想象……云朵的色彩、树木、雪、桥梁、烟囱、鸟儿——一切都要生动得多，有力得多。人和物的动作也更加自由，更加优雅，恰如牡鹿奔跑着穿过雾霭，无视时空的法则！与他眼下服务的世界相比，这个世界显得多么沉闷、贪婪和狭窄！

他继续用惊诧的目光凝望着行人、马车和建筑。一切都是如此平凡、贫乏，令人沮丧！近几个月，他没有出去溜达，没有见任何人，做得相当对。也许，正因如此，他们很少让那些在梦宫中工作的人休假。此刻，他发现，自己竟不知如何打发这一天。在这个衰败的城市溜达，似乎毫无意义。

马克-阿莱姆继续冷眼旁观着周围的一切。似乎越来越清楚，他的所感一点都不偶然：另一个世界，尽管他有时也会觉得它令人恼怒，却远比这个世界更受欢迎。他永远都不会相信，仅仅离开数月，这么快，他就能独立于寻常世界之外。他听说，那些梦宫的前雇员，依然活在人世时，就已退出生活，而且不管何时同他们过去的相识在一道，看上去都仿佛刚从月球上下凡。兴许，用不了几年，他也会这样，马克-阿莱姆想。倘使那样，该如何是好？看看你将抛弃的这个可爱的世界吧！路人将嘲讽的微笑投向梦宫的雇员，可他们做梦都没想到，他们自己的生活，在塔比尔的幻想家眼里，显得多么的可怜，多么的枯燥乏味。

此刻，他来到了斯托克露天咖啡馆。以前，他常常在这里喝咖啡,当他……脑中首先想到的词是"活着",但它很快被"醒着"所替代。是的,这是他以前常常顺便喝杯咖啡的地方。那时,他还只是个在城里闲荡的年轻人。他踏进咖啡馆,看都不看就径直走向左边的角落和他以前常坐的位子。他喜欢这个咖啡馆。它有着舒服的皮椅,而不是那些老式茶馆里依然能见到的沙发。

马克-阿莱姆觉得,咖啡馆老板脸色看上去很黄。

"马克-阿莱姆!"他惊讶地叫了一声,手端咖啡壶,走了过来,"你这段日子去哪儿了?一开始我还以为你病了呢——我不信你会到其他地方喝咖啡。"

马克-阿莱姆没有解释,只是笑了笑。咖啡馆老板也笑了笑,然后凑过身来,低声说道:

"后来,我才知道是怎么回事……"这时,见对方阴下脸来,他立即改口,"你还像以前那样,咖啡里加点糖吗?"

"没错,还像以前那样。"马克-阿莱姆没有抬头,回答。

他望着细细的咖啡倒入杯子,忍住了一声叹息。接着,咖啡馆老板走开后,他才四处打量了一番,看看那些常客是否都在。他们几乎一个都不少:邻近清真寺的家伙,带着两个从来一声不吭的大汉;杂技艺人阿里,一如往常,处于一群爱慕者的包围中;一个蹲坐的小男人,已经谢顶,正全神贯注地研究着一些旧纸片。咖啡馆老板随心所欲,一会儿说它们是些古代手书,他那位博学的顾客正在努力翻译;一会儿说它们是古代诉讼的遗迹;一会儿又说它们或许只是些深奥难解并且毫无用处的文件,人们是在某个傻老头虫蛀的衣箱里发现的。

还有那些盲人……马克-阿莱姆想到。他们坐在柜台右边那个老地方。

"他们可把我害得够呛!"一天,老板对马克-阿莱姆吐露,"这些面目可憎的家伙,偏偏看上了我的咖啡馆。他们来到这里,总是占领最好的座位,真要把我逼疯了!要不是他们,我会赢得一批好得多的客人。但我毫无办法——我毫无选择。国家保护他们,因此,我不能将他们赶出去。"

国家保护他们,这是什么意思?马克-阿莱姆问。老板料到他会提出这一问题,于是就给他讲述了一个令人惊异的故事。那些来他咖啡馆的盲人,并非由于疾病、事故或战争才失去了视觉。要是这样,那他会由衷地欢迎他们。他们失明的原因完全不同,甚至极难理解。他们从没得过什么身体疾病,也曾能看见一切,但他们的眼睛与其他人不同,有一种毒效。马克-阿莱姆一定知道,大奥斯曼帝国,为了护卫自身和其余臣民,发布法令,要求挖出这些人的眼睛。作为补偿,国家出于怜悯,给予他们每人一份生活抚恤金。

"所以,现在,你明白我为何不能将他们赶出咖啡馆了吗?天晓得他们把自己当成了什么!他们为自己作出的牺牲感到自豪——也许还把自己当成英雄哩!"

马克-阿莱姆对此法令毫不了解,一开始,把老板的故事当做精神错乱的编造。可仔细一查,他发现法令的确存在,并在整个帝国实施。

很奇怪,尽管他们都蒙着黑绷带,马克-阿莱姆不再觉得他们可怕。那里，在塔比尔，他读到过各式各样的可怖面容。他想象那些此刻极端恐怖的眼睛，并非在人类的眉毛下，而是在天空边缘或者大山深处张开，有时，一轮银色的钟乳石般的月亮会将它们点燃。

针对长着毒眼的人的谴责（马克-阿莱姆初次听咖啡馆老板说起此事时，惊骇不已，因为任何人都可以写信控告别人犯有此罪）；政府委员会每月的例会上决定被捕的可怜虫中究竟哪些长着毒眼，必须被挖掉；在对刚刚失明的人发表的讲话中被称作"公共利益"的残酷行为本身——所有这些事情都没有像过去那样让马克-阿莱姆毛骨悚然。有时，他发觉自己在想，几年之后，也许无论奇迹，还是恐怖，都难以对他产生任何作用：毕竟，与塔比尔那里的奇迹和恐怖相比，它们仅仅是些苍白的复制品。在塔比尔，奇迹和恐怖已成功地跨越了此世界和彼世界之间的界限。那里，他发现，每当他听到有人说"多么奇妙！"或"多么可怖！"时，地狱和天堂实在难以分清。

咖啡馆的门开了。几个人走了进来。他们是对面外国领事馆的官员。他们还来这里喝咖啡哩，马克-阿莱姆想。杂技艺人的桌子沉默了片刻。以前，马克-阿莱姆要是在什么地方遇见外国人走进来，也会感到相当激动。那时，他暗自羡慕着他们的西装。可如今，说来奇怪，他发现，就连那些外国人都缺乏神秘色彩。

正是上午。咖啡馆生意最兴隆的时刻。马克-阿莱姆认出了几位瓦科富斯银行的职员。银行同咖啡馆也就一投石之隔。接着，刚刚值完勤的警察出现在门口。下一拨顾客马克-阿莱姆不认得。杂技艺人的桌上发出低低的笑声。尽情地笑吧，马克-阿莱姆想。对于你们这样轻浮的家伙，世界就是玫瑰的花坛。

忽然，就在那时，乌云一般，两天前的一次晚宴重现在他的记忆中。那是在他那位权势显赫的大臣舅舅的府邸。马克-阿莱姆差不多一年没见他了。一如往常，当他下班回家，看到舅舅那辆门上标着Q字母的马车停在外面时，不禁哆嗦了一下。母亲说大臣要见他，专门派马车来接他。他一听，感到更加震惊。

大臣热情地迎接了他。尽管如此，马克-阿莱姆还是觉得，他看上去显得疲惫而阴郁。眼睛呆滞无神，似乎睡得很糟。讲话时，不断地停顿，仿佛要咽下大部分不得不说出的话。权力固有的忧虑，马克-阿莱姆想。舅舅问起他的工作。他讲起了工作的方方面面，起先，稍稍有点尴尬，随后，越来越自如。可大臣听的时候心不在焉，似乎在想什么其他事情。马克-阿莱姆自以为给他讲了一些有趣的事情，但没过多久，他便羞愧地意识到，舅舅不仅了解塔比尔·萨拉伊进行的一切，而且知道的事情远比那里所有的工作人员要多得多。接着，大臣讲起了梦宫，声音低低的，话语充满了停顿，许多事情不加解释。不过，马克-阿莱姆了解到了更多塔比尔·萨拉伊的情况。那几分钟远远胜过他在那里工作的全部时间。

他们单独在一起——这可是前所未有的事情——面前各自摆着一杯咖啡。马克-阿莱姆还是不太明白舅舅把他招来的缘由。他依然在低声地讲着，不时地捅捅火盆中的煤火，似乎这比马克-阿莱姆更能引起他的兴趣。大臣谈到了库普里利家族同梦宫的关系。也许外甥听说过,数百年来,这些关系极为错综复杂。他似乎正要补充几句,也许想说说库普里利家族试图废除梦宫的狂热努力,但显然改变了主意,坐在那里,沉默了良久,紧张地抓住拨火棍,戳弄着眼前的煤火。

"众所周知,"他终于开口,"几年前,塔比尔·萨拉伊处于银行和铜矿主的影响之下。而近几年,它与伊斯兰法典权威派别的关系越来越近。这又有什么了不起呢?也许你会纳闷。噢,这至关重要!眼下,走到哪儿,你都能听说,无论是谁,只要控制住梦宫,就掌握住了国家的关键。此话不无道理。"

马克-阿莱姆确实听人谈过这一话题,但从没这么直白,当然,也并非出自如此高级的政府官员之口。他吃了一惊。仿佛这一切还不够,大臣又接着问他是否知道那些审理过的梦情形如何。在塔比尔·萨拉伊,这些梦的数量巨大无比。马克-阿莱姆脸涨得通红,耸了耸肩,说他并不知道。他感到屈辱,恨不得钻到地缝里。实际上,他偶尔也问过自己这一问题,并天真地以为,特等梦一旦选出,就像麦子脱去了外壳,所有那些无用的梦便被打成捆,送进了档案部。但一听大臣提出这一问题,他立即意识到,如此多的梦在出产特等梦那稀有花卉后便被丢弃,这一想法实在荒唐。此时,大臣解释说,选出特等梦是特等梦部的主要任务,否则,它就徒有其名了。但这并不是它唯一的职责。特等梦官员同样需要写谏言,提醒政府主要机构有关事宜,还得提交报告和其他秘密研究文章,论述诸如精神病之类的主题。帝国的不同阶层和种族都患上了精神病。

马克-阿莱姆如饥似渴地聆听着舅舅的话语。自然喽，大臣强调，特等梦最最重要，尤其在这样的时刻，首先关系到他们自己的家族。他凝视了外甥许久，仿佛想确认，他是否真的明白，库普里利家族同一般梦从不搭界，只与特等梦发生关联。几乎无一例外。

"你明白我的意思吗？"他问道，目光掩饰着，幽暗，却闪闪发光，"他们全都朝特等梦靠拢……所有那些……"

他的言辞重又变得吞吞吐吐。

"关于这一话题，有不少传言在四处流传。我不想说出它们是真是假，只是想告诉你，特等梦会在国家生活中引发巨大的变化……"

他的眼中迅疾闪过一道讥讽的光芒。

"正是特等梦提出了在莫纳斯提尔对阿尔巴尼亚领袖进行大屠杀的想法。我想你大概听说过此事吧？也正是特等梦导致了对拿破仑政策的变化，以及大首相尤素夫的垮台。还有数不清的例子……你们总管看上去相当谦卑，也无任何头衔，但据说他的权力，同我们这些最有权势的大臣不相上下。此话不无道理……"

他苦笑了一下。

"他能同我们不相上下，"他缓缓说道，"那是因为他掌握着巨大的权力，而且他的权力不受事实的束缚。"

马克-阿莱姆紧紧盯着舅舅的嘴唇。不受事实束缚的巨大的权力……他为自己感到惊喜。大臣继续说明，塔比尔没有，也不会发布任何指令，它也无需如此。它仅仅提出思想。它自己那奇异的机制立即会赋予它们可怕的权力，因为，这些思想在他看来，来自古老的奥斯曼文明的深处。

"我说过,我们库普里利家族常常与特等梦发生瓜葛……"他几乎嘶嘶地说道,"它们常常打击我们。"

马克-阿莱姆记得那些窃窃私语和无限焦虑的夜晚。在他的心目中,特等梦犹如毒蛇,用叉状的舌头进攻着。大臣的言辞变得越来越难以琢磨。不时地,一个想法刚要显露,他又急忙将它掩盖了起来。

"你以前就该进入塔比尔·萨拉伊,"他说,"不过,也许现在也不算太迟……"

更多的中断和迟疑。马克-阿莱姆不明白他究竟想说什么。显然,他并不想暴露自己的真实想法。可我能看出他的用意,马克-阿莱姆想。他是位政治家,而我只是个小职员。不管怎样,他正引导他去明白——他几乎已经明说——他,马克-阿莱姆,进入塔比尔工作并非出于偶然。他必须想方设法,争取将它的运作方式了解得一清二楚,而且最最要紧的是,要始终睁大眼睛,这样,当时机来临,便……

这样,便什么呢?又是什么时机?他差点要问,但没有胆量。所有这些都那么含糊不清……

"我们还会再谈谈的,"大臣说道。但马克-阿莱姆感觉得出,他还是无法让自己对他敞开心扉。在留下悬念的谈话中,他总是不断地回到一个点,朝它投去一缕光芒,随后,又匆促地将一切重新罩进黑暗。

"我想,你肯定听说过,每当危机时刻,塔比尔·萨拉伊的权力不是减弱，就是增强。我们正处于这样的时刻。很不幸，塔比尔的权力正在增长。"

马克-阿莱姆不敢问，他说的危机是什么。他好像听说，一些重大改革的计划极大地激怒了教堂和军队，但他并不真的了解情况。难道库普里利家族也卷进其中了吗？

"这是个关键时刻，"大臣说道，"特等梦也许又要出现了……"

马克-阿莱姆全神贯注，不想落掉一个字。长久的沉默。

"问题是，"大臣终于说道，"两个世界，究竟哪个能压倒另一个……"

他又开始了，马克-阿莱姆在心里呻吟。就在他似乎要说出点什么的节骨眼上！

"一些人认为，"大臣继续说，"是焦虑和梦的世界——总之，那是你们的世界——统治着这个世界。我个人认为，正是由于这个世界，一切才被统治着。我认为，正是这个世界挑选着梦、焦虑和狂想，就像提桶从井中打水一样，让它们浮上表面。你明白我的意思吗？正是这个世界，从深渊里挑选着它想挑选的一切。"

大臣凑近他的外甥，眼睛闪烁出一道吓人的黄光。那是硫磺的颜色。

"他们说，特等梦有时纯粹是一种伪造，"他喃喃说道，"你遇到过这种情况吗？"

马克-阿莱姆吓出了一身冷汗。一种伪造？特等梦？他永远都想象不到，人脑竟敢想到这等事情，而且还用这么多话语说了出来。大臣依然在对他讲述着有关特等梦的各种传闻。不时地，马克-阿莱姆想：我的天哪，显然，这是他本人的想法！……他还没从惊异中缓过来，大臣的话音，仿佛穿过雪崩，又在他的耳边响起。因此，人们说，有些特等梦是赝品。它们是雇员自己根据有权有势的政治派别的利益，或者按照君主的情绪，在塔比尔·萨拉伊制造出来的。即便不是全部，起码也是部分遭到了篡改。

马克-阿莱姆有一种几乎难以抑制的愿望——立即扑倒在大臣的脚下恳求他：

"让我离开那里吧，舅舅！救救我吧！"

然而，他清楚地知道，纵然这份工作会将他引向断头台，他也决不会这样做。

那一夜，从大臣府邸回家的路上，他感觉痛苦依然纠缠着他。马车轻快地驶过此刻还没点灯的街道。车门的两侧标着的Q字母，犹如一个致命的符号。他坐在黑色的四轮马车上，感觉自己就像一只孤独的夜鸟，正在两个世界之间忘我地飞翔，无人知道这两个世界中，究竟哪一个统治着另一个……

他必须睁大眼睛，注意那时刻何时来临……可他怎么知道它何时来临呢？什么天使或魔鬼将来提醒他？他将如何认出它们？穿越塔比尔·萨拉伊的层层迷雾，他又将同何人联系呢？

马克-阿莱姆坐在咖啡馆里，转着空杯，回想着这段插曲。即便此刻，在过了好几天后，他的胸口依然充塞着恐惧。就在那时，不知什么让他朝杂技艺人阿里的爱慕者占据的桌子转过身来。他们不再聊天，全都在斜眼望着他。

马克-阿莱姆十分恼火。显然,咖啡馆老板告诉了他们他在塔比尔·萨拉伊工作。马克-阿莱姆知道那家伙嘴上没把门的,但即使如此又……就让他见鬼去吧,他和那些爱管闲事的人,统统见鬼去吧!以后数月,他可能顶多再到这家咖啡馆来两三次。兴许还要少;兴许一次也不来了。

中午临近,咖啡馆渐渐冷清了下来。那些外国外交官已经离去。银行职员也走了。杂技艺人的爱慕者朝马克-阿莱姆投去最后惊讶的一瞥后,同样站起身来,扬长而去。唯有那些盲人一动不动。片刻之前,他们已停止说话,此时,倔强地坐着,就像人们在生所有人的气时那样。那些沉默的面孔仿佛在说:"噢,他们说我们的眼睛危害国家事务。那么,它们被挖掉后,国家事务更上一层楼了吗?可我们听说,世界如果没有更糟的话,也依旧是原来那副样子。"

最后,马克-阿莱姆结完账,离开咖啡馆,开始慢慢走回家。过了一会儿,他后悔自己没叫辆出租马车。当他转身走进自己住的那条街时,听到人们在交头接耳:"他现在在塔比尔·萨拉伊上班……"他装作没有听见,昂着头朝前走着。栗子小贩和街角的警察特别恭敬地问候了他一声。他们也一定知道他在哪里上班了。在他们眼里,那是一种奇迹,他们似乎不敢相信,他居然仍以血肉之躯,而不是某种非物质的形式,出现在他们面前。

他注意到对面窗口中的一个身影。他知道,有两个漂亮姐妹住在那里。平常,他喜欢想想她们,可今天,就连这个通常吸引他的窗口也显得空空荡荡。

这么说，我对生者世界的第一次访问已近尾声，打开门，走进院子时，他想到。他迈动脚步的时刻，有一个声音犹如羽翼的沙沙声，仿佛远处的风依然紧贴着他的身体。几天前，在大臣的府邸，想到自己在冒生命危险，他的精神都崩溃了。然而，此刻，他对这一想法毫不在乎。世界如此沉闷，不值得让你由于想到会失去它而折磨自己。

他打开大门，走了进去，毫不留恋背后的世界。明天……他想着，脑海中出现了冰冷的屋子和桌上等待着他的案卷。明天，他将返回那个奇异的世界。那里，时间、逻辑、其他万事万物，都服从完全不同的法则。他心想，要是再放一天假，他不会再上街溜达了。

五　档案

上午休息刚刚结束，马克-阿莱姆就得到通知：监理想见他。为了不打扰别人，他蹑手蹑脚地走向监理的桌子。几步外，他就认出，自己前一天交给他的案卷正摆在桌上。

"马克-阿莱姆，"监理说，"我想，那也许会比较好，如果这些梦中的一个……"他迅速翻动案卷，"这里，就是这个……我希望这些梦中的一个，就是这个，能更确切一些……"他抽出了相关文件，"也许，你到楼下档案部去查查以前对此类梦的解释，会是个好主意……"

马克-阿莱姆看了一会儿那份文件。下面有他写的解梦文字。随后，他又回头望着监理。

"你自己决定吧，"监理说，"但我觉得，你应该听从我的忠告。我感觉，这是个重要的梦。在此情形下，参考一下过去的经验，通常为明智之举。"

"我并不怀疑。只是……"

"你去过档案部吗？"监理打断了他。

马克-阿莱姆摇了摇头。监理笑了。

"很容易，"他说，"那里会有专人帮你的。你只需告诉他们想查阅什么样的梦。这是个特别容易的例子：殊死对抗前做的梦全都归到了一起。我相信，你只要溜一眼几个类似的例子，一定有助于你更好地破解这个梦。"他轻弹着手中拿着的纸页说道。

"当然，"马克-阿莱姆伸手接过纸页说道。

"档案部就在楼下地下室，"监理说，"你肯定能在走廊上碰到什么人。他会告诉你怎么走的。"

马克-阿莱姆镇定地走出屋子。他来到走廊，在打定主意往哪儿走之前，先深深地吸了口气。接着，想起来，必须先到一楼，到了那里再打听。

他照此行动，花了将近半个小时才到达地下室。现在该怎么办？当他发现自己独自走在一条长长的拱顶通道上时，不禁发问。两侧的墙灯为通道撒上一道昏暗的光线。他觉得听到不远处传来了脚步声，急忙朝前赶去，想追上那个发出脚步声的陌生人；但脚步声也急忙朝前赶去。他停住。对方也停住。那一刻，他意识到脚步声是他自己发出的。天哪，他想，在这个可恶的宫殿里，总是这样！竖几个告示牌，指明不同部门的方向，又能花多少钱呢？此刻，他开始怀疑，这是条环形走廊。不时地，他觉得还能听到远处的脚步声，但它们很有可能是自己的回音，或者其他楼道的人发出的。很奇怪，此时此刻，他感觉相当平静。无论发生什么，他都必定能找到出路，就像前几回那样。如今，对这种不幸遭遇，他已经习以为常。往前走时，他发现，环形通道交叉连接着其他不同宽度的通道。但他生怕迷路，不敢踏上任何一条。半个小时后，他似乎觉得自己又回到了起点。"我就像打谷场上的马，在兜圈子哩。"他想。他停顿片刻，深深地吸了口气，然后，决心再次开路。这回，他遇到第一条侧道，就转身走了进去。很快，他便有了祝贺自己的理由，因为，没走几步，他就看到一面墙上有扇门。再往前，还有一扇。尽管还不知究竟该敲哪扇门，但他欣慰地想：这一定是该死的档案部。他继续往前。更多门出现在两边。他走到一扇门前，但还是没敲。下一扇我一定敲，他向自己保证，可又一次，他的决心化为了泡影。还不知道身在何处，他又怎么能贸然闯入呢？也许，最好等门自己打开，有人出来时，他便可以打听了。他停住脚步，犹豫不决。要是有人走来，见他像个哨兵似的站在那里，问他："嘿，你——你以为你在这里干什么呢？……"那可怎么办？真烦人，他想，重新开始走了起来。他感觉，自从到宫殿上班后，没做别的，尽在走廊里晃荡，甚至都没找到自己要找的地方。噢，让这些犹豫见鬼去吧！来吧！他对自己说。走近下一扇门时，他用力敲了几下，可手又立即弹回，要是可能的话，他真想收回刚才的敲击，可是，哎呀，它们已不可挽回地在里面发出了轰响。他等候片刻。没有听见里面有什么声音。他打定主意，又敲了几下，随后，转动起门把手。门打不开。一定锁上了，他想，看来我白紧张了半天。他稍稍往前走了几步，敲起另一扇门。这扇门也锁上了。他试了试其他门。全都关着。那么，我这是在哪里呢？他纳闷。这不会是档案部吧。

他急忙往前，没有再敲任何门，但一边走，一边恶意地扭动着每一个门把手。他自己都几乎不能理解这种恶意。他有一种狂野的欲望，想狠狠敲敲那些沉默的门。要不是一扇门在他最意想不到的时刻突然打开，他肯定就会这么做了。他已经猛推了一下，差点冲进屋去。他的手机械地要去抓住把手，试图重新将门关上，但已来不及了。门此时已经敞开，仿佛这还不够，一双眼睛，惊讶于这个满脸野气的人的突然闯入，正冷冷地瞪着他哩。

"怎么了？"屋子另一头响起一个声音。

那双冷冷的眼睛继续审视着马克-阿莱姆。

"对不起，"他退缩着结结巴巴地说。"我表示歉意……"他的眉毛上都冒出了汗。"请原谅！"

"怎么了，沙欣阿迦①？"那个声音又问。

"没什么大不了的事，"这边回答。眼睛依然盯着闯入者，他问：

"你想干什么？"

马克-阿莱姆尴尬得要命，开口说话，但他不太清楚到底说些什么。幸好，他的手伸进口袋，摸到了那张写着梦的纸页。

"我是来查阅档案的……用通常的方式……有关一个梦，"他支支吾吾，"但我觉得我也许走错门了。对不起——我是第一次……"

"不，你没走错门。"

这是另外那个声音。起先，它从几排书架后面传出。此刻，马

---

① 奥斯曼帝国期间伊斯兰国家对文武大官或长者的尊称。

克-阿莱姆第一次确定了它的方位。一张熟悉的面孔，两只明亮、微笑的眼睛出现在他的面前。

"是你啊！"马克-阿莱姆低声叫了一声，回想起了第一个早晨和他们遇见的食品部，"你在这里工作吗？"

"对啊。这么说，你还记得我？"对方客气地说。

"当然。可那次以后，我从没有再见到你。"

"有一回下班时，我看见你了。但你没有注意到我。"

"真的？我一定在想什么事哩——我会很乐意……"

"你的确看上去相当焦虑。现在干得怎么样？"

"挺好的。"

"还在筛选部？"

"不，我已调到解析部了。"

"真的？"对方惊喜地说，"你这么快就得到了提拔。恭喜你！我真的很高兴。"

"多谢！这是档案部吗？"

"是的。你来查东西吗？"

马克-阿莱姆点了点头。

"我来帮你。"

档案员对他的同事轻声说了几句。那双一直冷冷的眼睛此时才流露出强烈的好奇。

"你想查看哪一部分？"档案员问。

马克-阿莱姆耸了耸肩。

"我不知道。我还是第一回来这里。"

"我会帮你的。"

"我会十分感激的。"

档案员领他走出了屋子。

"我想总有一天我会再遇到你的,"他们沿着通道往前走时,他说。

"我在食品部找不到你。"

"难怪,那么多人……"

他们朝前走时,步子极为合拍。

"档案部真的占据了整个这片地方吗?"马克-阿莱姆朝纵横交错的通道点了点头,问道。

"是的。它真是个迷宫。在里面,你很容易迷路。"

"感谢上天让我遇到了你。否则,我还真不知该如何是好呢。"

"其他人也会帮你的,"档案员回答。

他走在前面。马克-阿莱姆觉得自己没能适当地表示感激,有点烦恼。

"没错,肯定会有其他人帮你的,"档案员说,"但我要带你参观一下整个档案部。"

"真的?"马克-阿莱姆欣喜万分,"可你兴许正忙着哩——我不想打扰你啊。"

"一点也不!能帮朋友一点小忙,我高兴都来不及哩。"

马克-阿莱姆感到尴尬,不知该说些什么。

"如果塔比尔·萨拉伊与真实生活相比犹如睡梦的话,"档案员打开一扇门,接着说,"那么,档案部就像塔比尔睡梦深处的睡梦。"

马克-阿莱姆跟随他走进一间椭圆形的屋子。屋子墙上排满了顶到天花板的书架。

"这样的屋子有好几十个,"档案员指着书架说,"看到这些档案夹了吧?有几千个。几万个。"

"它们都装满了吗?"

"那当然,"档案员回答,领着他走了出来,"所有屋子我们都会转到的。你可以亲眼看看。"

此刻,他们正沿着一条窄窄的通道往前走去。马克-阿莱姆觉得这条通道似乎有点朝下倾斜。其他通道或环形走廊上的灯光向这里投来一丝微弱的光线。

"这里什么都有,"档案员放慢脚步,说道,"我的意思是:假如世界末日即将来临——假如地球,比如说,被一颗彗星撞得粉身碎骨;或者假如它突然蒸发,或跌入深渊——假如寰球消失得无影无踪,那么,这个装满档案的地下室将足以呈现它曾经的模样。"

档案员转过身来,仿佛想看看他的这番话在他的同伴身上引起了什么反应。

"你明白我的意思吗?任何历史书籍,任何百科全书,所有神圣的卷册和诸如此类的东西,加在一起,任何学校,任何大学或图书馆,都无法像这些档案那样,以如此精确和完整的形式,提供出有关我们世界的真实。"

"可那样的真实不是已遭到相当的歪曲了吗?"马克-阿莱姆壮

起胆子问道。

档案员的微笑，侧面比正面看，更加显得富有讽刺意味。

"谁能说我们亲眼看到的一切没有遭到歪曲？谁又能说这里描绘的一切并非事物的本质？"他在一扇门前放慢了步子，"你难道不曾听过老人感叹人生如梦吗？"

他打开门。马克-阿莱姆跟随他走了进去。这是个极长的屋子，同前面几间一样，墙上从地面到天花板全是装满档案的书架。有一摞就堆在地上，显然是没地方放了。屋子的另一头，两个伙计正在书架旁忙个不停。

"你的梦是关于什么的？"档案员问。

马克-阿莱姆摸了摸口袋里折叠好的纸页。

"它预测战争中会有大批人员伤亡。"

"哦，大屠杀前夕做的那种梦。它们在另一处。但你别急——我们会找到它们的。这些梦，"档案员指着左边的书架，"是黑暗的人做的。对面那些是光明的人做的。"

马克-阿莱姆本该问问他这是什么意思，但没有。他跟随他在书架间狭窄的通道中进进出出。档案员在一排架子前停了下来。在档案重量的压迫下，那排架子有些下陷。

"根据冬季多风地带居民的意见，那些有关世界末日的梦他们就放在这里。"

他就像要弄直书架似的。

"有时，"他说，"到这里来的人都极为自负和讨厌。但我喜欢你——你很和气，领着你转转真是愉快。"

"谢谢!"

一扇矮门通向隔壁屋子。旧纸的气味越来越刺鼻。马克-阿莱姆开始感觉呼吸相当困难。

"起死回生……"档案员说,"真主啊,那里的恐怖就在这里!……噢,我们稍稍往前走几步。这是混沌,就在所有这些架子上——地和天全都混在一块了。死中生或生中死——你挑选吧。女性生活规划。男性生活规划……我们再往前走几步。情色梦:整个这间以及毗邻的屋子都装满了它们。经济危机,贬值,土地收入,银行,破产——所有此类事情都在这里。阴谋也在这里。被扼杀于萌芽状态的军事政变。政府诡计……"

档案员的声音仿佛来自越来越遥远的地方。有时,尤其当他们踏上通道,从一间屋走向另一间屋时,马克-阿莱姆几乎听不清他在说些什么。拱顶发出了颤抖的回音。

"现……在……我们要去看……看……看……那些有关囚禁……禁……禁……的梦……"

每次门嘎吱一响,马克-阿莱姆都会吓得发抖。

"监禁第一时期的梦……"档案员指着相关书架说道,"或者它们也叫早期监禁的梦,以便与后期监禁区分开来。两者迥然不同。就像初恋不同于后来的恋爱。从这里到屋子尽头全是些装有狂想的档案。名副其实的狂想。"

名副其实的狂想……马克-阿莱姆目不转睛地盯着书架。他还得在这地狱中漫游多长时间呢?

"昨天,一帮特等梦官员来到这里,一直研究到了深夜,"档案员压低声音说,"一点都不出人意料。从'民族复兴'开始的所有大灾难都集中在这里了。一些人最近就是这么叫的。'民族复兴',你懂吗,这指的并非某个人,而是整个民族的死而复生——人们都不敢命名的那种事……流血前夕做的梦,你是这么说的吗?"

"对,正是。"

"这里就是这方面的档案。大多数都是战役前夕做的梦。有些就是黎明前做的……克尔克-基利战役……抗击铁木真的巴亚兹·耶尔德鲁姆战役。两次匈牙利战役……"

"科索沃战役也在这里吗?"马克-阿莱姆轻声轻气地问道。

档案员抬起眼睛。

"你是指第一次,一三八九年,反抗巴尔干人的那次,如果我没弄错的话?"

"对,正是。"

"一定有的。稍等。"

他一转身,消失在了那些不堪重负吱吱作响的架子中间,显然去找这一部门的值班助理了。很快,他便带着他回到了马克-阿莱姆面前。

"他们在此保存了七百个左右这方面的梦,都是在那致命的一天的前夕做的,"档案员一会儿看着马克-阿莱姆,一会儿看着助理,说道。他每说一句话,那位面容消瘦的助理都会赞同地点点头。

"应该有更多的,也许遗失了一些,"助理尖声尖气地说,"另外，留下的许多也都十分粗略，就像一大早潦潦草草记下的梦，很可能就是这样的。"

"真的？"马克-阿莱姆急切地说。

他常常听到家人谈论这场悲剧性的战役。

"那个特等梦本身就是在匆促中选出来的。这样，便可在破晓时分将它送到苏丹的帐篷里。"

"他们有时间选特等梦吗？"马克-阿莱姆惊愕地问。

"当然有。不然，他们还能怎么办呢？"

"那它在这里吗？"

"不在。它同另一些梦一道被保存在了特等梦办公室。"

"别急！我们也要到那里去的，"档案员说。

"我多多少少能描述一番，"助理说，声音更尖了，"当然喽，要是您有兴趣的话……"

"当然有兴趣！"

档案员迅速看了他一眼，然后同情地低下了眼睛。你是库普里利家族成员，怎么会不感兴趣呢，他的表情似乎在说。

"一名士兵梦见自己遇到了一个前些日子已被杀死的朋友。朋友在一道堤岸后边朝他点头。'你孤零零一个人在这里干什么呢？'朋友问。'你没有厌倦吧？你为何不来加入我们的行列呢？我们大多数人都在这里……'"助理复述着，那声音真的就像来自坟墓，"那意味着战役将会血流成河——也确实如此。"

"噢，那可不是开玩笑的，"档案员插了一句，"整个巴尔干军队都被歼灭了。"

马克-阿莱姆看看助理，又望望档案员。

"即便现在，五个世纪之后，巴尔干人民还常常梦到那场战役，"助理说，"我的一个朋友，专门研究'黑暗的人'。是他这么告诉我的。"

"完全可以理解，"档案员表示，目光盯着马克-阿莱姆。

"您想让我们打开案卷吗？"助理问。

"不，现在不，"档案员说，"我们不多一会儿就回来，好吗？"他转向自己年轻的同伴。"让我们先总的参观一下档案部。然后，你还可以回到这里，想待多长时间就待多长时间。"

马克-阿莱姆同意。

他们回到通道。档案员的声音再次激起了回音。

"现在……在……在……我们去看……看……看……奥斯曼……曼……曼……原始梦……梦……梦……"

"那是什么呢？"在他们穿过一扇门，档案员的声音听起来又恢复正常时，马克-阿莱姆问。

"古老的奥斯曼梦，"他回答，"帝国的缔造者最早的梦。因此就叫原始梦。"

"它们也被保存下来了吗？"

"在某种程度上，"档案员说，"和古代壁画差不多。它们就在这些档案里。"

马克-阿莱姆朝那位一声不吭的职员微微躬了躬身。他刚从书架中间走了出来。

"已经没有太多了。它们也就更加珍贵，"档案员接着说，"事实上，它们被送到我们这里来时残缺不全，让人无法获得多少信息。尽管人们曾多次试图修复它们，就像修复古代壁画那样，可它们多多少少还是原来的样子——幻象支离破碎，彼此之间没有任何关联。不过，它们非常神圣，因为它们是国家的依据。现在的解析员就常常下来，看看它们，从人们解析它们的方式汲取灵感。我说得对吗，福左？"

"没错，"那位说，"昨晚，就有几个人在这里待到深更半夜。"

"我们部门的解析员？"马克-阿莱姆问。

"特等梦办公室的。那是你的工作单位吗？"

马克-阿莱姆脸红了。

"不——我在解析部。"

"昨晚，特等梦官员好像哪儿都到过了，"档案员说。他说得相当尖锐，马克-阿莱姆想。"谢谢你，福左！"

他领着马克-阿莱姆走了出去。

"即便在修复后，也很难从这些原始梦中读出什么意思，"他说，"我见过一些，看上去已完全破败，就像那些旧挂毯，你再也看不清上面的画了。可那些解析员花费一个又一个钟点，认真钻研它们。"

档案员独自笑了起来。

"我敢打赌，他们什么也看不明白！他们只是坐在那里，装出一副绞尽脑汁试图找出隐藏含义的样子。而实际上，所有时间，他们都在琢磨着家里的小矛盾，不充足的薪水，以及其他鸡毛蒜皮的事情。啊,终于到了,这里就是特等梦!"

马克-阿莱姆吓得发抖,仿佛他的同伴让他看到了一窝蝰蛇——只是这些蝰蛇早已用尽了自己的毒液。即便如此,它们看起来依然令人生畏。

"一共有四万左右,"档案员叹息了一声,"真主啊!"

马克-阿莱姆也叹息了一声。

"现在,"档案员说,"我们去看看君主梦吧。"

马克-阿莱姆期待着见到一间特别令人难忘的屋子。但它却同其他屋子一模一样。书架等东西都没有任何特别之处。唯一的区别在于档案的封套上都盖着君主的印章。印章上端写有每个君主的名字:穆拉特一世苏丹之梦;巴贾泽特苏丹之梦;穆罕默德二世苏丹之梦;伟大的苏莱曼苏丹之梦……

"这些档案需有君主的指令才能打开,"档案员说,"任何人违反规定,就得掉脑袋。"

他用手在喉咙口比划了一下。

他们接着参观了其他那些屋子。有些装着非伊斯兰教徒和长期监禁梦。另一些装着焦虑梦(有整整三大间屋子装满了那些梦)和幻觉梦(关于是否真的该在塔比尔·萨拉伊审查这些梦,曾有过长期的争论)。最后那间屋子里全是精神错乱者的梦。

"好吧,我想你现在对档案部已有一些概念了,"在他们离开时,档案员说。

马克-阿莱姆望着他的目光似乎在乞求怜悯。

随后,他们回到存放科索沃战役档案的书架前,并在那里道了别。

"你结束后，"档案员说，"沿着这条通道一直走到环形走廊。那里，你往哪边拐弯都行——不管你从哪边走，你都会来到一座楼梯前。"

值班助理给了马克-阿莱姆一张小桌，将他要的档案放在了他面前。马克-阿莱姆手指颤抖着翻阅起那些古老的书页。这些书页由一种重型纸制成。这种重型纸早已废弃不用了。大多数书页上都沾满了污点。墨水严重退色，许多字几乎难以辨认。马克-阿莱姆忽然感到头疼，仿佛有人用斧头砍了他一下。他觉得眼前直冒金星。他闭上眼睛，让它们歇息片刻，然后重新睁开，开始阅读，但速度极慢，依然无法集中注意力。某种东西似乎在阻挠他的脑子接近文本的含义，令它不停地颤动，就像拱顶走廊里档案员的话语发出的回音那样。但他强迫自己坚持下去。由于是古文，许多字词都不可理解。最主要的是，句子中的字词顺序似乎极不自然——真是乱成一团。可他只好凑合着使用这些材料。他还是头一回查阅如此古老的文献。五个世纪前的文献。渐渐地，他这里那里破解了一点意思，受到了鼓舞，发现自己进展得越来越顺利了。大多数梦的描绘极为简洁，也就两三行字，有些只有一行。这让事情进行起来比他起初想象得要容易一些。要不是为破解文字底下的含义，他几个小时就能读完所有的案卷。

马克-阿莱姆感觉疲惫在消失。他的眼睛渐渐适应了这些过时的字母。他甚至开始觉得那奇怪的句法十分有趣。那一行行简短而又残缺的句子逐步将他引入它们自己的宇宙。阿尔巴尼亚北部科索沃平原的幻影充满了他的想象。他从未到过那里。一个如梦如幻但又混乱不堪的幻影，数百个昏昏欲睡的脑袋的联合产物。仿佛这还不够，这些含糊不清、缺乏意义的幻影旁又加上了那些让它们更难把握的解析。然而，或许由于所有做梦者在那致命的一天的边缘所感到的共同的焦虑，或许由于奉命匆匆记下这些梦的人也分享到了这极度的痛苦，这部杂七杂八的个人梦集竟具有一种让人费解的统一性。黎明前，依然只有露水打湿平原的时刻，在熟睡的士兵的心中，它已血流成河。夜幕降临，血河愈加浓厚，愈加黝黑。旧的血河中又流进了新的血河，很快变得更加黝黑，但决不会黝黑到同旧的血河区分不开的地步。然后，黄昏时分，战斗刚刚结束，巴尔干联盟军溃败。苏丹正沉浸在胜利的喜悦中时，却被谋杀。接着就是苏丹的帐篷。人们从那里将他的遗体运走。他的死讯严加保密，不让军队知道。大臣们秘密会晤。派遣信使，去召回贾柯布·切勒比，苏丹的两个儿子之一。"来吧！你光荣的父王在召唤你……"王子信以为真，走进了帐篷，结果惨遭杀害。为了避免两兄弟间的权力争斗，大臣们残忍地将他砍死。

马克-阿莱姆揉了揉眼睛，仿佛有道迷雾遮住了他的视力。那么，真实如何呢？当它的根子处于梦幻之中时，我们还能找到它吗？再说，在梦和真实之间，并没有什么明确的界线：与平原战役有关的一切——地势，恶劣的天气，不同的事件，目击者的叙述——所有这一切都乱成一团，纠缠不清。三十万巴尔干士兵白色的魂灵，在最后的痛苦中，形成一场浩荡的暴风雪，在大地上回旋。为何伟大的苏丹在飞舞的雪花中狂奔，仿佛要同它们一起逃走?"你要去哪里,君主?振作起来吧!"士兵塞利姆在睡梦中大喊。醒来后,他匆忙讲述了自己的梦。再往下,贾柯布·切勒比王子,浑身血淋淋的样子,化身为一匹没有鬃毛的马,在原野上奔跑。这里再次血流成河。夏季,冬季,季节交织在了一起。雨和阳光,雪和草木,花和冰冻的荒地,同时覆盖着平原。需要几个星期、几个月雨水不断,才能冲洗掉所有的血。需要大雪降临,将万物变成一片白色,似乎才能遮掩住所有的苦难。而到春天,当溪水流过洁白的浅滩,会带走小小的血块,仿佛白雪本身受了伤。哦,真主,因此,在任何天气下,冬季或夏季,风中或无声的雨中,阿尔巴尼亚北部的那片平原……

马克-阿莱姆忽然想起,他和母亲那天晚上将应邀前往大臣的府邸。那是传统的晚宴。晚宴上,他们会聆听巴尔干吟诵者的演唱。这一次,除了波斯尼亚人,无疑还会有库特邀请的阿尔巴尼亚吟诵者。

马克-阿莱姆合上案卷,站起身来。由于过度阅读,他感觉头疼。也有可能是煤烟的缘故。地下室里的煤烟比楼上更加厉害。他朝值班助理点了点头,转身离去。他的脚步在走廊里发出了回音。几点了?他不知道。地面上,很有可能已是午饭时间,或者下午,或者也许晚上。有一刻,他感到相当着急:要是晚宴迟到,该怎么办呢?可很快他便不再担心了。时间不会过得那么快的。晚宴仿佛属于一个截然不同的世界。那世界位于空中某个地方,几乎高达云端。而下面这里,他的右面和左面,走廊空墙的背后,在成千上万的案卷中,却存放着整个世界的睡眠。他感觉得到自己的眼帘在下垂。怎么回事？他想。悄悄袭上身来的这种困倦到底是怎么回事？一时间，他吓坏了。可随后又告诉自己一定是煤烟的作用……"你孤零零一个人在这里干什么呢？你为何不来加入我们的行列呢？我们大多数人都在这里……"

马克-阿莱姆加快了步伐，以便尽快到达环形走廊。但它还没出现。他越走越觉得无望。要是昏倒在这些空空荡荡的走廊里，怎么办呢？他再度感到自己的眼帘变得沉重。我到底为何非要到这下面来呢？他问自己。他自己脚步的声音，变成无数的回音，加剧着他的恐惧。我决不能睡着！不，我不会落入你的圈套的！

要不是路口一个人突然出现在他面前，天晓得他还将这么奔走多长时间。

"怎么了？"陌生人焦急地问。

"没事，"马克-阿莱姆答，"出口在哪儿？"

"可你脸色这么苍白——你听说发生了什么吗？"

"你说什么？我只是在找出口……"

"我不知你是否听到了什么。你看起来苍白如纸……"

"也许是煤烟……"

"我也这么想……"

"我怎么才能从这里出去？"

"这边走。"陌生人说。

马克-阿莱姆很想对他说，"可你的脸色也很苍白呀——为何要为我感到如此不安呢？"但他一刻也不想久留。让我尽快摆脱困境吧，他在心里呻吟。

终于，他见到了楼梯，三步并作两步地登了上去。他上气不接下气，正在一楼歇息时，觉得听到了什么动静，连忙回过头来，大吃一惊，看到一组身穿长披肩的男子正消失在远处的走廊里。

在二楼，他又路过另一组，一帮神情阴郁的人。其他走廊里也传来了脚步声。所有这些进进出出，究竟是怎么回事？他纳闷。他重又想起在楼下档案部旁边走廊里遇见的那个人。宫殿里一定有什么事。他急忙赶路，恨不得马上回到解析部。从窗外的阴暗天色，他可以判定，日光正在一点点褪去。

"你一整天都到哪里去了？"回到办公室，他的邻座问道。

"我在楼下档案部。"

邻座瞪大了眼睛。其实，他被安排坐在马克-阿莱姆旁边才一个星期，但这一个星期已足以让马克-阿莱姆看出，此人酷爱嚼舌，尤其喜欢谈论政治，秘密而危险——越危险越好。奇怪的是，他居然还没发现，马克-阿莱姆来自库普里利家族。

"出了什么事了，"他俯身靠近马克-阿莱姆，说道，"你感觉不出来吗？"

马克-阿莱姆耸了耸肩。

"我注意到走廊里有些动静。可我就知道这些。"他简洁地回答。

"部门主管已被叫出去三次了。每次回来，都是一副惊慌失措的样子。刚刚又被叫走了，还没回来哩。"

"会是什么事呢？"

"谁知道呢？什么都有可能。"

马克-阿莱姆差点就要对他说起自己在地下室遇见的那个神色慌张的男子，可转而一想，这又会引发一阵流言蜚语。他想起档案员说的话：特等梦官员通宵都在档案部工作。没错，一定有什么事在发生。

"什么都有可能，"邻座嘀咕了一句。为了避免引起别人的注意，他头部一动不动，说话时只用嘴角。"从劫持某些官员，到关闭宫殿本身，什么都有可能。"

"关闭塔比尔·萨拉伊？"

"为何不呢？这些骚动……走廊里这些奇怪的进进出出……我在这里上班已有年头了。到如今，我了解宫殿的习性。今天的事情，看起来很蹊跷，我不喜欢。在此之后，什么都会发生……"

"塔比尔被关闭过吗？"马克-阿莱姆用颤抖的声音问。

"这是什么问题！"对方咕哝了一声，"愿我们受难，如果此事发生的话！……事实上，据我所知，曾经有过几个黑暗时期，君主发布特别法令，不许人们再解梦。但你知道，那种情形极为罕见，非常非常罕见。真的出现时，唯有君主的梦才能被研究。那时，塔比尔·萨拉伊仿佛进入了哀悼日。员工在走廊里游来荡去，就像遭受煎熬的灵魂，你会觉得它是什么废墟哩。一切都仿佛处于断气的边缘。所有人绝望至极，都在等待一天的结束。而从那种状况到关闭塔比尔，也就一投石之遥……"

马克-阿莱姆感到胸中有个块垒从胃部蹿到了喉咙口。他隐约想起大臣所说的话语。这不是他并不想明说而仅仅暗示的突发事变吗？邻座仍在瓮声瓮气地说着，但马克-阿莱姆已不再听了。他头疼欲裂,思绪极度混乱……在同大臣的无数次谈话中,更不用说上次见面了,他得出一个想法:事情对梦宫越糟,对库普里利家族也就越好。因此,今天对塔比尔越是不幸,他也就越有理由感到欣喜。然而,根本不是这么回事。他周围变幻无常的一切,远不能给他带来快乐,只会让他更加胆战心惊。

他听着邻座的咕哝,但几乎一个字也听不清。那人似乎在自言自语。马克-阿莱姆记得自己有一天问过祖母:"奶奶,你为何自言自语呢?"祖母回答:"假装有两个人呗,宝贝!这样就不会感到孤独了……"马克-阿莱姆很想发出一声叹息,就像祖母当时那样。坐在冷冰冰的桌旁,彼此完全隔膜,桌上摆满了陌生人脑中出现的疯狂的幻觉,他们全都那么孤独……

"可为什么?"马克-阿莱姆轻声问道,打断了邻座的喋喋不休,"为什么发生这一切呢?"

"为什么发生这一切呢?" 邻座扭动的嘴唇仿佛并没有将言语而是将冷笑对准了马克-阿莱姆,"天哪,在这种地方,怎么还会有人问'为什么'?你能找出这里的任何事的缘由吗?"

马克-阿莱姆叹息一声。这时,窗外已相当黑了。夜幕已经降临。灯盏将一缕微弱的光线投在了低头做事的职员的身上。

"嘿,头儿来了,"邻座说,"终于回来了。"

马克-阿莱姆朝邻座指点的方向瞥了一眼。

"我觉得他看上去并不那么不安。"他低声说。

"是吗?"停顿片刻之后,"没错,你说得对。我也觉得他看上去好多了。希望有什么好消息。"

马克-阿莱姆感到一阵焦虑。

"实际上,他看上去相当开心。"

"我倒还不这么认为。但他看上去不像先前那么忧心忡忡了。"

"一晃快到下班时间了!"马克-阿莱姆凝望着头儿,说道。他觉得在他的眼睛里看到了一种热情的光芒。"老天保佑!"

"一天将会顺利结束,"邻座说,"但我们能回家吗?"

"你这话是什么意思?"

"这样的日子,我们很有可能会在这里通宵加班。"

马克-阿莱姆没有忘记,那天晚上,他还得到大臣府上去哩。他正想对邻座提起此事。不管怎样,他想,我可以提出请求。他们肯定不会不让他去同自己有权有势的舅舅共进晚餐吧?他用手掌揉了揉额头。如果所有这一切都只是想象,那会怎么样?毕竟,他们仅仅在谈论一些还没有事实基础的猜测。走廊上的人群,部门主管表情的变化——这并没有太多依据!他的那位邻座疯了。马克-阿莱姆不知自己怎么竟会被他的唠叨冲昏了头脑。

下班的铃声让他吃了一惊。马克-阿莱姆同他的邻座对上了目光。他几乎要大喊:"你瞧,你这个白痴——你让我白白激动了一番!这就是平常的一天——铃声也在通常时间响起。你这么吓唬我,究竟想要干什么?"

邻座第一个合上了案卷,瞥了马克-阿莱姆一眼便匆匆走出门去。那一眼仿佛在说:"趁现在还来得及,你也赶紧脱身吧!"

马克-阿莱姆紧随其后。走廊和楼梯上一时人头攒动。众多无名的脚步,发出砰砰的响声,仿佛撼动着整个大厦的基础。他的脚步也汇入了其中。如同一个受惊的人躲进了人群,他感到宽慰。有两三回,他觉得这就是寻常一天的结束,可随即又有了相反的感觉。他用眼角望了望其他人,觉得可以看到他们脸颊涨红,这反映出某种内心深处的火热。并非寻常的激动,而是一种对于未知前景的极度焦躁。胡言乱语,他告诉自己。在那些被疯梦折磨得憔悴不堪、筋疲力尽的脸上根本没有这种痕迹。是我自己的神经该受到责备……

一走出大楼,他便摆脱人群。离他们越远,他的忧虑就越显得荒唐。都是那个疯子害得我如此郁闷的,他想。他们两人间的情形真是滑稽可笑。

他想叫辆出租马车,好早点回到家里。他可不想去赴晚宴时迟到。他举了两三次手,但不是他们没看到他,就是车上已经载客,赶车人没有停下。马克-阿莱姆不是那种站在路边大喊"嘿,出租马车"的人。即使下雨或降雪,他也情愿走路,而不想引人注目。幸好,路上行人不像平常那么多,因此,他走得还相当快。要是一路都这么顺利,那么回到家,他还有时间换换衣服,兴许还能在晚宴前洗个澡哩。

他陷入沉思,几乎忘了刚才的忧惧。就在这时,某件事——他最初并不确切知道是什么事:一次令人喘不过气来的意外,一阵急速的脚步声,一声低语?——让他抬起头,朝路口望去。两位巡警正站在路中央,用怀疑的目光打量着行人。出什么事了?还没来得及猜测,他便看到了不远处的另一个巡警,然后,又一个。到处都是士兵。此刻,他自以为已经抛在梦宫大门后面的苦恼又一次袭上了他的心头。街上其他人同样在偷偷地望着那些巡警。有几个人在要走开时,回过头来,最后望了一眼。

又走了一会儿,没看到任何制服,马克-阿莱姆纳闷:"会不会只是巧合?"分布在路边的小酒馆里,人们进进出出,不像有什么惊慌的迹象。有家名叫"莱麦丹之夜"的咖啡屋,一如往常,传出了音乐声。没错,他无数次地对自己说,一定是巧合。不管怎样,他以前没见过巡警吗?他甚至记得,当时他们曾在那里核查人们的身份证。没错,显然只是巧合。中央银行已经关门:谁知道呢,兴许他们得知有人试图武装抢劫,正采取预防措施哩。

马克-阿莱姆觉得,财务部外面好像也比平时多了一些哨兵,但他已无心再去观望并确认了。路灯发出一种不祥的光线。他咕哝了一句:"让他们全都见鬼去吧!"——可并不清楚到底指谁。他竭力克制的颤抖再次出现。走到伊斯兰法典权威宫殿时,他已经确信这些不同寻常的行动绝非偶然,真的出什么事了。一大群士兵和警察,差不多有一个营,集结在熟铁围栏的外面。出什么事了,他低声说。某种事……可究竟是什么事呢?一个阴谋?一次军事政变?一场围攻?他想赶紧走路,可又不能,两腿犹如棉絮一般。快走,他催促自己,可他知道这纯属徒劳。他想起晚宴,想起古老的习俗。甚至史诗上都提到了这一习俗,这就注定,库普里利家族成员决不会取消一次晚宴。

在新月桥上,他看到了更多戴头盔的士兵,可这时他已见怪不怪,对什么都无动于衷了。最后,他来到自家那条长着阴郁栗子树的街道，看见家中二楼亮着灯光。黑暗中，他隐约发现有辆马车停在了大门外，走到近旁，便看到了刻在车门上的字母Q。他松了口气，走进门去。

六　晚宴

起先,为了不让母亲担心,马克-阿莱姆对自己的疑虑只字未提。但一小时后,当他们坐进马车前往大臣府邸时,他终于按捺不住地说:

"今天,宫殿里有些动静。"

"什么!"她抓住他的手说,"动静?为什么?"

"具体什么事我并不清楚。可回家的路上,我看到了许多巡警。"

他感觉母亲的手在他手中颤抖,后悔刚才说了这些。

"也许根本没事,"他宽慰她,"兴许只是谣传。"

"可你听到了什么?"她用哽咽的声音问。

"哦,都是些蠢事!"他尽量用轻松随意的口吻说,"好像君主将昨天的特等梦退了回来。但兴许这只是编造。这些不同寻常的行动也可能有截然不同的解释。"

马车车轮发出的声响打破了宁静,叫人难以忍受。

"如果君主真的退回了特等梦,那可非同小可啊,"马克-阿莱姆的母亲说。

"兴许真是无中生有的事。"

"那样只能更糟。这意味着所发生的事情更加令人不安。"

我不该对她说任何事的,马克-阿莱姆心想。

"但更加令人不安的事,那会是什么呢?"

母亲发出一声叹息。

"我们怎么知道呢?你在那个地方做的事情我不太了解。你提到,可能因解析有误而突击审查。马克,对我说实话——你没有卷入任何错事,对吗?"

他试图挤出笑容。

"我?我真的对所有这些一无所知,我发誓。今天,一整天我都在楼下档案部。只是在回到楼上后,才听说出了什么事了。"

在车轮的嘈杂声中,他听到母亲发出又一声深深的叹息,随后喃喃说道:"老天保佑我们!"

透过马车窗户和街灯昏暗的光线,他看到马路右边和左边那些黑乎乎的建筑,以及这里那里的几个行人。要是晚宴推延,那会怎么样?马克-阿莱姆心想。离大臣府邸越近,他就越难以摆脱这一念头。但他又觉得这不太可能,因为晚宴关系到家族史诗,也就是库普里利家族的根本基础。想到这,他多少感到了安慰。不,它不可能被推延。说实话,他不能肯定自己是否希望它被取消。不管怎样,当他看到府邸大门旁的灯火和来宾停靠在人行道上的马车时,他感到松了口气。他觉得母亲好像也松了口气,仿佛心里的一块石头终于落了地。一如往常,大臣的卫兵站在门口,其他一切也同先前类似场合别无二致：从门口到通往正门台阶的路上的一排火炬；站在门口迎候的管家；充满怡人的薄荷味的大厅。你觉得那天的焦虑不可能最后会穿过大臣府邸的大门。

马克-阿莱姆同母亲步入了主会客室。屋子中央，两只银火盆散发出一种舒适的暖气，正好与深红的地毯和轻柔的谈话声相配。

来宾包括几个近房表兄，全都身处高位，一些家族的老朋友，奥地利领事的儿子——一个高大的金发青年，库特正用法语同他交谈哩——还有两三个马克-阿莱姆以前没见过的人。他听见母亲轻声问男仆大臣在哪儿。男仆回答说他在楼上，很快就会下来。这时，马克-阿莱姆更加平静了。冰冷的畏惧正渐渐消失。整个夜晚，它一直缠绕着他，犹如阴湿而有害的雾霭。

男仆正往银质酒杯里倒拉克酒①。在嗡嗡的聊天声中，马克-阿莱姆竭力想听清库特和奥地利人正用法语说些什么。一口喝干一杯拉克酒后，他感到一阵欣快。片刻之后，当他的眼睛与母亲的眼睛相遇时，他迅速移开了目光。她仿佛在说："你刚才对我说的那些蠢话算是什么呀？"

大臣一出场，立即让整个气氛冷了下来。这倒并不怎么由于他那阴郁的表情——大多数来宾对此早已习以为常——而主要因为他同样显得心事重重，瞪着客人，仿佛见到他们站在那里，颇感意外，并等着他们说明来访目的。道了声"晚上好"后，他站到一只火盆旁，伸开手，放到火盆上方取暖。马克-阿莱姆觉得，他的眼

---

① 一种近东、南欧等地用粮食或葡萄、李子等水果酿成的烈性酒。

圈比他们那晚共进晚餐时更黑了。那是一次难忘的晚餐。

库特显然认为得靠他来为活动恢复正常气氛,走到他哥哥跟前,低声说了几句。马克-阿莱姆没能听清,但一定同奥地利人有关,因为大臣同时回答了库特和那位年轻人。库特翻译他哥哥的话时,奥地利人恭敬地点了点头。在此之后,气氛确实有所放松。奥地利人继续同大臣谈话。库特依旧当着翻译。与此同时,客人们也开始成双结对地交谈起来。马克-阿莱姆很想凑近听听,可他的一位表兄,那个在马克-阿莱姆到梦宫上班前夕和他们共进晚餐的秃子,低声问道:

"你在塔比尔怎么样?"

"很好,"马克-阿莱姆说,可嘴巴却朝嘴角绷着,仅仅表示:"马马虎虎。"

"你在解析部工作吗?"

他点了点头。表兄的神情中闪过一丝嘲讽,但马克-阿莱姆毫不在乎。他不看别人,只望着他最喜爱的舅舅:库特。他从未见他显得如此英俊和优雅:洁白的硬领在他脸上投上了一道神奇的光彩。很快,马克-阿莱姆就确信库特是整个晚会的主角。正是他突发奇想,请来了阿尔巴尼亚狂诗吟诵者。马克-阿莱姆急切地期望尽快听到阿尔巴尼亚语版的家族史诗。迄今为止,对于他们,它就像月亮的背面那样神秘、陌生。

这时,有人光临——他显然是最后到达的客人了——并为自己的迟到连连道歉:

"外面肯定有什么异常行动,"他说,"维护法律和秩序的部队正在核查人们的身份证哩。"

有几位客人试图引起大臣的注意,但迟到者的话语似乎对他毫无作用。他一定知道发生了什么,马克-阿莱姆想,否则,听到这个消息,不会如此无动于衷。大臣好像也没注意到自己的外甥:仿佛早已把他们在几个星期前的那个夜晚进行的支离破碎的谈话抛到了九霄云外。一个小时前,马克-阿莱姆还在寻思,是否该把塔比尔所发生的事告诉大臣:要他警惕的时刻是否已经来临?可此刻,看到舅舅如此漠不关心,马克-阿莱姆也就不再担忧。

因而,他开始审视起那块硕大的波斯地毯上的图案。那是他见过的最大最漂亮的地毯,君主赐给大臣的生日礼物。自从他到梦宫上班之后,其余世界变得灰暗而无聊。尽管如此,这块地毯是他依然觉得可爱的不多的几样东西之一。

他刚从地毯上抬起目光,便发现所有人忽然陷入静默。大臣准备讲话。他告诉客人,他们即将听到来自阿尔巴尼亚的狂诗吟诵者的演唱,接着,在晚宴进行期间和之后,按照习俗,斯拉夫狂诗吟诵者也将演唱几段库普里利家族史诗。

"让他们进来吧。"他吩咐管家。

不一会儿,狂诗吟诵者走进鸦雀无声的客厅。他们一共三人,穿着典型的民族服装。其中两人中年模样,另一人稍稍年轻些。每人都携带一把琴弦单薄的乐器。这些他们称作拉胡塔琴[①]的乐器立

---

① 阿尔巴尼亚的一种独弦琴。

即吸引住了马克-阿莱姆的目光。它们酷似斯拉夫狂诗吟诵者的古斯勒琴①。马克-阿莱姆感到意外,更不用说失望了,同他首次见到古斯勒琴时的感觉一样。关于著名的史诗,他已听人们说得太多,想象中,他觉得为它伴奏的乐器怎么都得和赞美诗本身一样奇异、沉重、壮丽、引人注目,而狂诗吟诵者必须拖着它们上场。然而,古斯勒琴却是一种简单的单弦乐器,一只手就能轻而易举地携带。似乎难以置信,这件可怜的东西竟能让古老的史诗焕发生命。而此刻,看见拉胡塔琴,马克-阿莱姆的失望更加强烈。自从听库特谈到阿尔巴尼亚版的史诗后,由于某种原因,他以为阿尔巴尼亚拉胡塔琴将会消除古斯勒琴给予他的想象的打击。他期望它不仅沉重和引人注目,而且浸透着血。他在心中已将血同他们史诗的残酷连在一道。但结果,它却和古斯勒琴一样粗糙、简陋——就那么一个木头发音盒,上面开了个口,只有一根弦。

这时,客人已自愿分成两组,狂诗吟诵者就站在两组客人之间。这些吟诵者披着漂亮的头发,眼睛炯炯有神,流露出轻蔑的意味,但还没轻蔑到完全拒绝接受任何东西的地步。

男仆给他们倒上雷基酒,所用的酒杯和他们递给客人的一模一样。阿尔巴尼亚人只用嘴唇碰了碰杯子。

"好吧,你们可以开始了,"大臣用阿尔巴尼亚语吩咐。

一位吟诵者在管家端来的凳子上坐下,将拉胡塔琴放在膝盖上,望了琴弦片刻,随后右手提起琴弓,横放在琴弦上。头几个音

---

① 巴尔干半岛的一种独弦琴。

符微弱而单调，总是顽强地回到起点。就像一曲漫长的、令人窒息的挽歌。一曲过于漫长的挽歌。如果这么下去的话，马克-阿莱姆想，所有人都会透不过气来的。这个伙计什么时候才开始唱词呢？显然，所有其他人都在问同一个问题。这样的音乐需要配上歌词，否则，琴弦会触及灵魂的伤口。

当吟诵者终于开口唱时，马克-阿莱姆最先感到了宽慰。但那人的声音中也有某种非人性的东西。仿佛有人对它施行了某种奇特的手术，移除了所有平庸的声调，只留下永恒的音韵。仿佛人的嗓子和山的嗓子，数百年来相互定音，融为一体。其他那些更为遥远的声音也都如此，直到它们全都汇入那首命运挽歌。死者，一如生者，同样可以轻而易举地用嘴唱出词，发出音。另一种和声——那种最紧密、最完美的和声——正是用死者的影子完成的。

马克-阿莱姆目不转睛地望着那根伸展在琴盒上的纤细、孤单的琴弦。正是琴弦构成了挽歌的秘诀。琴盒将它放大到了让人惊骇的程度。马克-阿莱姆忽然领悟到，这个空空的盒子就是胸膛，承载着一个民族的灵魂。他就属于那个民族。那是这首颤抖的古老的挽歌的起源。他曾听过片段；只是今天才得以听到全部。此刻，他感到空空的拉胡塔琴正在他胸中回荡。

这时，另一位吟诵者唱起了《三拱桥民谣》。透过围绕着它的静默，马克-阿莱姆仿佛听到石匠敲打着，在冷冷的阳光中建造一座浸满牺牲血液的桥梁。一座不仅赋予库普里利家族名姓，而且标记着他们厄运的桥梁。

虽然心里充满了紧张，马克-阿莱姆还是感到了一种几乎不可抑制的愿望：抛弃自己那半个亚洲名字"阿莱姆"，换上一个他的祖国人民使用的名字：焦恩，焦尔杰，或者焦戈。

马克-焦恩，马克-焦尔杰·乌拉，马克-焦戈·乌拉，每当听到"乌拉"一词时，他便会重复道，仿佛要努力习惯自己的半个新名字。"乌拉"是吟诵者话语中他唯一能听懂的词。

忽然，他的脑海中又出现了某个商人做的梦，有关荒地中一件发出响声的乐器。他已记不清具体细节了——只记得自己最初想将它扔进废纸篓，而后又让它通过。此刻，他仿佛觉得那个梦中描绘的乐器同拉胡塔琴奇怪地相似。

吟诵者继续用同样洪亮的声音歌唱。库特专注地凝望着他，眼睛闪出热烈的光芒，不时地，低声为同样专心致志地听着的奥地利人翻译一个段落、几句诗行。大臣纹丝不动地坐着，眼圈更黑了，双手交叉放在胸前。马克-阿莱姆这里那里明白几句，但大多数都难以听懂。

　　　　汝发现一座坟墓，哦汝，为 Besa① 所缚！

几乎不知不觉中，他往小舅和奥地利人站着的地方挪近了几步。库特正努力翻译那句歌词。马克-阿莱姆稍稍懂点法语，在一旁听着。

"极难翻译，"库特说，"事实上，几乎不可翻译……"

----

① 古阿尔巴尼亚文，誓言。

马克-阿莱姆竭尽全力领会史诗的内容,部分通过自己的理解,部分通过倾听库特的翻译。

"这是讲一名男子,来到已经死去的仇敌的墓旁,试图挑起一场决斗,"库特对奥地利人解释道,"相当可怕,对吗?"

"极为动人!"奥地利人说。

"死人无法站起身来,他挣扎着,呻吟着。"库特继续解说。

天哪,马克-阿莱姆忽然想,一切都已相当清楚!再明白不过了。拉胡塔琴的发音盒就是坟墓。那死者正在里面挣扎。他的呻吟从地下传出,令人毛骨悚然。

"现在是带来凶兆的猫头鹰,鸟儿。"库特低声说。

朋友讲解时,奥地利人表示赞同地点着头。

"这是左克,一位被背信弃义的母亲及其情夫害得失明的骑士,骑着同样失明的骏马翻越雪山。"

"被母亲害得失明!我的天哪!"奥地利人惊呼,"Oresteia! Das ist die Orestiaden!①"

此时,马克-阿莱姆离他们相当近,好听清他们说的每个字。库特正要接着评说时,门外突然传来了一阵嘈杂声。人们朝各个方向转过头去,有些朝门,有些对着窗户。这时,嘈杂声再次传来,夹杂着尖利的叫喊。就在这喧闹中,大门口响起了砰砰的敲门声。

"怎么回事?出什么事了?"各种焦虑的声音大叫。随后,所

---

① 德文,俄瑞斯忒斯!就像俄瑞斯忒斯!古希腊神话中,俄瑞斯忒斯是阿伽门农之子,为了替父报仇,杀死母亲及其奸夫。

有人都静下声来。吟诵者也不再歌唱。又是一阵敲门声,比先前更响。

"我的天哪,会是什么事呢?"有人气喘吁吁地说。

所有人都转向大臣。他忽然显得面无人色。远处传来开门的声响,接着一声短促的叫喊,随后就是越来越近的沉重的脚步声。客人们吓得呆呆地站在那里,紧盯着客厅的门。门终于被粗暴地推开,一伙武装人员出现在门口。不知什么——也许屋里的灯光,或者看到那么多客人,或者不知谁的嗓子里发出的喊叫——似乎让他们的行进停顿了片刻。随后,一个人从他们中间走上前来,扫视了一下屋子,显然没有发现他正要找的人,说道:

"皇家警察!"

所有人都一声不吭。

"库普里利大臣?"那位警官,显然找到自己要找的人,说道。他朝大臣面前走近几步,深深地鞠了个躬,说道:

"阁下,我奉君主之命。请允许我执行。"

说完,他从胸口掏出一份令书,展开,让大臣看了看。此刻,大臣灰白的脸色没有任何变化。它早已没有变化的余地了。

在警官看来,大臣的无动于衷便是许可。

"你们的证件!"他突然转向客人,点头示意手下的人进来,大声说道。

他们大约有半打人,个个全副武装,警帽和领子上佩有皇家警察的徽章。

"我是外国公民!"喧闹中,人们听到奥地利人抗议道。

马克-阿莱姆环顾四周,寻找着母亲,但徒劳无益。间或,一个想要显得严厉,却又竭力避免粗鲁的声音说道:"这边!这边!"

有人打开了通向隔壁大客厅的侧门。一群客人被赶到里面。

"库特·库普里利!"一名警察指着库特大声报告上司,"他就是。"

警官朝库特走去,边走边从口袋里掏出手铐。

马克-阿莱姆看见警官一只手灵敏地抓住库特的手腕,另一只手为它们戴上了手铐。很奇怪,库特丝毫没有抵抗,只是惊讶地望着手铐。马克-阿莱姆像几位客人一样,朝大臣转过身来,期望着他来结束这荒唐的一幕。然而,大臣依旧面无表情。别人都会觉得,有权有势的大臣对在自己屋檐下犯下的暴行毫无反应,一定出于畏惧。可马克-阿莱姆猜想,他的屈从也许另有原因。这是库普里利家族向来的反应。在家族历史上,无数次遇到类似情形,他们会戴上不真实的面具。这副面具反映出宿命论、心不在焉和疲倦的特征。

马克-阿莱姆真想高喊:"醒来吧,舅舅,振作起精神!——您没有看到发生什么了吗?"但在大臣的目光中,当他和别人一道看着库特被带出去时,甚至有一丝看起来像是服从的神情。你怀疑他其实在望着远处,望着某个神秘的深处,那里引发这场不幸的官方机器也许已经启动。

"我仅仅希望他正琢磨阻止这一切的办法。"马克-阿莱姆想,并走近大臣,试图看看是否如此。也许因为他靠得太近,也许仅仅是巧合，他们的目光迅速对了一下。在那短暂的一瞬间，在那仿佛从舅舅眉毛裂缝里冒出的目光中，马克-阿莱姆似乎觉得明白了他们那次难以理解的会谈的含义了。忽然，想到所有这一切同梦宫有关，同他本人，马克-阿莱姆有关，想到这回库普里利家族兴许被人抓住了把柄，他木木地定在那里，痛苦万分……

他感到两只手粗暴地将他推向通往另一间屋子的门。走进去时，他瞥见了那几位吟诵者，还在一小群客人中间孤零零地站着。

"马克！"一进入大客厅，他就听到了母亲轻柔的声音。他原本以为会听到一声叫喊或一声抽泣，可她的声音几乎十分平静。"另一间屋里在发生什么？"

他耸耸肩，没有回答。

"我在担心你哩，"她喃喃道，"这会儿，又是什么灾难降临到了我们头上？"

他看出大多数客人这时都已进入这间屋子。时不时地，可以听到一个声音发问："那里在发生什么？这一切还得持续多久？"

"他们将库特带走了吗？"马克-阿莱姆的母亲问。

"我想是的。"

她正竭力控制自己，他想。她没有白当库普里利家族成员。但他注意到她的脸色苍白如纸。

蓦然，透过两个客厅间那些互通的门，他们听到了尖利的叫声，接着一阵扭打和一声呻吟。

马克-阿莱姆正要同那些客人一道冲向大门，母亲将他拽了回来。

从另一间屋里传来更多的叫喊，随后，是身体倒地的声响。

"出了什么事？"奥地利人问道。

"门都锁着哩。"

所有人都吓得脸色煞白。

马克-阿莱姆感觉母亲的手指像虎钳一样抓住他的手臂。门的那边传来又一声撕心裂肺的叫喊，随后戛然而止。

"那是谁？"有人问，"那声音……"

"那不是大臣。"

他们听到身体重重倒下的声响，和一声吓人的"啊"声。

"我的天哪，他们在干什么呀？"

一时间，所有人都默不作声。而后，静默中，一个声音说道："他们在杀害吟诵者。"

马克-阿莱姆把脸埋在手里。从另一间屋子传来渐渐远去的靴子的橐橐声。有人开始扭动门把手。

"为了上天的爱，把门打开吧！"

通往主客厅的门依然锁着。但通向里面一条走廊的另一扇这时开了。一个声音高喊："这边走！"

客人们鱼贯而出。唯有一个昏倒在一把椅子上。走廊里光线暗淡，充满了脚步声。"他们杀死库特了吗？"有人问。"没有——但把他带走了。""女士们，先生们，这边走。"一名仆从说，"你们可以从这边出去。""Wo ist Kurt？①"

---

① 德文，库特在哪儿。这显然是奥地利人在问。

客人们小小的队列来到了大客厅旁的主走廊上。透过结了霜的门玻璃，可以看见一些朦胧的人影。马克-阿莱姆挣脱母亲紧紧拽住的手，走过去看看到底发生了什么。有扇门微开着，通过缝隙他可以看到部分客厅。一切都被翻了个底朝天。紧接着，他看到两位吟诵者断了气的躯体，靠得很近，横陈在地上。第三具尸体躺在稍远一点的地方，挨着一个被掀翻的火盆，半张面孔上全是煤灰。

警察已经离去。只有男仆留了下来，默默地走到落满玻璃碎片的地毯上。马克-阿莱姆看见大臣的影子一动不动，悬挂在墙上。他把门稍稍开大了一点，看到大臣本人，依然保持着先前那副僵硬的姿态。我的天哪，所有这一切竟都是在他眼皮底下发生的！马克-阿莱姆想。他仿佛觉得大臣的眼睛同满地的玻璃碎片有着某种相同点。

忽然，他感到母亲用手抓住他，坚决地把他拉向她。他无力抗拒。他直想呕吐。

大厅几乎没有一人。透过敞开的正门，他看见亮着灯光的马车一辆接一辆地驶去。

"其他人都走了，"母亲气喘吁吁地说，声音轻得几乎难以听见，"我们怎么办呢？"

他没有回答。

一名男仆熄灭了中间几盏灯。主客厅门那边，依然是默默的进进出出。几分钟后，男仆们抓住吟诵者的手和腿，将他们的尸体抬了出来。第三位的面孔一半洒满了煤灰，看上去尤其恐怖。马克-阿莱姆的母亲掉过头去。他自己禁不住要呕吐。尽管如此，他觉得他不能离开。最后那名男仆拿着乐器走了出来。之后不久,所有仆从全又回到了客厅。

"我们该怎么办呢?"马克-阿莱姆的母亲轻声问。

他不知如何回答。

客厅门这时已经敞开。他们看见男仆在卷沾满血迹的地毯。

"我不能再这么看下去了,"她说,"我受不了了。"

此刻,他们正一盏盏地熄灭客厅里的灯火。马克-阿莱姆环顾四周,无法做出任何决定。其他客人这会儿肯定全走了。兴许,他和母亲也最好离去。可兴许,他们应该留下,正如近亲在家族遭遇不测时通常做的那样。即便他们想回家,也难以办到。他们住得很远——太远了,根本无法步行,尤其在这样的夜晚。至于说叫出租马车,压根儿连想都不用想。

大多数灯这时都已灭了。只在各处的楼梯和走廊上留下几盏继续点着。硕大的房子里,到处能听到窃窃私语。几个仆从,影子般走来走去,手里端着烛台,沿路投下黄色的光芒。

马克-阿莱姆的母亲不时地发出呻吟:"我的天哪——这么恐怖,到底是怎么回事?"

不一会儿,门嘎吱打开,大臣从客厅的阴影中走了出来。他缓慢地走着,像个梦游者,径直走向黑暗的楼梯。

马克-阿莱姆的母亲碰了碰他的手。

"大臣!你看到他了吗?"

片刻之后,一名男仆疾步下楼,出了大门。他们几乎立即听到了马车急速驶去的声响。

马克-阿莱姆和母亲在半明半暗中待了一些时候，望着人们端着小小的烛火四处走动。没人顾得上他们。大门半开着。静默中，他们步出大门，走向高大的铁门。仍有哨兵在站岗。马克-阿莱姆不太清楚回家的路线。母亲更是稀里糊涂。通常，他们总是乘着封闭的马车回家。

一小时后，他们仍在步行，不知是否已经迷路。没过多久，他们听到车轮声迅速靠近。他们贴着墙，为马车让路。马车驶过时，马克-阿莱姆看到门上刻着的字母 Q。

"我敢说那是大臣的马车，"他低声说道，"也许就是刚才出发的那辆。"

母亲没有应声。她在寒冷和潮湿中颤栗着。

不一会儿，另一辆马车同样无动于衷地从他们身边掠过。虽然没有路灯，马克-阿莱姆觉得再次看到了字母"Q"。他甚至不顾黑暗，朝他们招了招手，期盼着马车停下，载着他们回家。可它飞速消失在雾霭中。马克-阿莱姆断定，在这个痛苦的夜晚，这个满天的"Q"字母犹如预报凶兆的鸟儿一般扑来扑去的夜晚，期盼他人的帮助，实属愚蠢。

当他们最终回到家时，子夜早已过去。萝吉有一种不祥的预感，还没睡觉。他们简要对她讲了讲发生的事情，并请她弄点咖啡，好让他们暖暖身子。火盆中还有些余烬，被煤灰覆盖着，这样萝吉到了早晨便可以用来重新生火。可余烬还不足以温暖他们瑟瑟发抖的四肢。

马克-阿莱姆立即上床睡觉，但难以成眠。

破晓时分，当他起床时，发现母亲和萝吉依然坐在原地，围着几乎熄灭的煤火缩成一团。

"马克，你要去哪里？"母亲用惊恐的声音问道。

"去上班，"他回答，"您以为我去哪儿？"

"你疯了吗？这样的日子，还去上班。"

她和萝吉两人竭力劝他，那天，就那天，别去上什么倒霉的班了；就说他身体不适；找些更为严重的理由；不惜任何代价，都得请假。可他不听劝阻。她们再次恳求他，尤其是母亲，吻着他的手，眼泪汪汪地说，这样的日子，塔比尔·萨拉伊兴许都不会开门的。但她越是恳求，他越是坚持要去上班。最后，他挣脱开来，走出了家门。

外面异常冷。他轻快地走在街上。一如往常，这一时刻，街上几乎空空荡荡。几个路人，头上裹着围巾，依然睡眼惺忪的样子。他自己也并不比他们更清醒。他还没从昨夜的情形中缓过神来。正如某些海洋生物在它们周围分泌出保护性的云状物那样，他的大脑似乎也已发明出一种方法，可以逃避清晰的思想。有时，他甚至纳闷是否真的发生过什么。兴许，这只是又一个狂想。塔比尔·萨拉伊的众多案卷里充斥着那些狂想。可最后，事实针一般刺着他的大脑，他的神志重又陷入迷乱，接着，一阵间歇之后头部再次感到剧疼。他意识到，在这样的攻击中，头一夜之后醒来，尤其难受。他感觉自己仿佛处于某种流动的中间状态，在睡和醒之间。而他自己的状态又好像反映在了周围的世界里——在充满湿气的建筑物的墙上，在路人灰暗的面容中。靠近市中心时，路人越来越多了。根据人们步履匆匆的样子，他可以说出哪些在部委和其他政府机构上班。这或许与他们相同的上班时间有关。

走到伊斯兰法典权威宫殿时，他看到值勤的卫兵比前一天更多了。他们的头盔被露水打湿，不时地闪烁着。银行边的十字路口也有士兵在站岗。显然，紧急状态还没解除。是的，这些都不是幻觉。库特正在大牢里。兴许会……那块仆从卷起的血迹斑斑的地毯始终围绕着他的思绪。他又如何能够毫不畏惧地再次踏上地毯呢？他感觉自己又想呕吐了……

"这么说，梦宫开门了。"远远地望着宫殿大门，他对自己说。雇员们聚集在门口。他们大多数人互不相识，因此不打招呼，更不用说聊天了。可在解析部旁边的走廊上，马克-阿莱姆倒是见到了几张熟悉的面孔。幸好，他的邻座已经坐在桌旁。

"那么，"马克-阿莱姆一在他身边坐下，他就说道，"你知道什么事了吗？"

"没有，我什么也不知道，"马克-阿莱姆没说实话，"我刚到。发生什么了？"

"我并不确切了解什么，但显然某件重大事情正在发生。你看到街上的士兵了吗？"

"看到了——昨夜和今天。"

那位一边装作正在忙于案卷，一边凑近马克-阿莱姆，低声说：

"好像库普里利家族出事了，但谁也不知道到底是什么事。"

马克-阿莱姆感觉心跳减弱了。

白痴,他在心里说。你其实全都知道,那么为什么还要受别人言论的影响?

不过,他还是问了句:

"你这是什么意思?"

他的声音变得虚弱,仿佛生怕听到什么,什么就会成真。

"我并不确切了解什么。这只是传言,或许只是嚼舌。"

"也许吧,"马克-阿莱姆俯身到案卷上,在心里说,"你这个大白痴——你以为那么容易就能分清一切吗?"

他的眼睛已看不进任何东西了。一个毫无意义的梦摆在他面前,期待着他去破解,而他本人却比它要疯狂十倍。其他职员全都在专心致志地研究着案卷。不时地,你能听见翻动纸页的沙沙声。

"即使今天,你也处处感到一种不安,"邻座咕哝着,"肯定要出事。"

"还能出什么事呢?"马克-阿莱姆想。他感觉头像铅一般沉重。他仿佛觉得,伏在打开的案卷上,很容易入睡,并扔下一个梦,就像母鸡孵蛋那样。真是胡言乱语,他想,揉了揉眉毛。我一定走神了。兴许,我还真该待在家里。

他从没如此急切地期待过休息铃声。他的眼睛在别人的睡眠上面,半闭着,就像案卷中描绘的那样。不久之后,他自己的睡眠将同别人的融为一体,就像有时两人的命运会盲目地交织在一起。

休息铃声让他吓了一跳。他慢慢跟着别人走到地下室。一如往常,那里一片喧闹,仿佛什么也没发生。当然,对于别人而言,确实什么也没发生。周围，人们在聊天，他试图一鳞半爪地听上几句，但没有一句涉及发生的事。不管怎样，他想，这又有何用？他比任何人都更了解发生的事。他们毫无意义的谈论无法为他提供任何信息。

他喝了杯咖啡，然后开始慢慢返回楼上。旁边的其他人还在继续东拉西扯。有两三回，他觉得"围攻"一词蹦进耳里，还听到有人问："昨夜，你看到哨兵了吗？"但他一边往前走，一边自问：这同他有何相干？

他真的觉得自己什么也不想知道，哪怕是出于好奇。但在桌旁坐下后，他意识到自己正热切地等待邻座回来。

他终于出现在门口。从他走路的样子，马克-阿莱姆就知道他又有消息要发布了。

"显然，所有这一切牵扯到一个梦。"那位一凑近，便低声说。

"所有什么？"

"你这是什么意思？什么？库普里利家族蒙受的耻辱呗。"

"噢！那么，这是真的？"

"当然，已经得到了确认。他们遭受了非常沉重的打击。如我所料。昨夜，这里，人们就有预感。"

"是什么样的梦呢？"

"一个奇怪的梦，街头商贩做的。你总是首先想到——你总是相信，它讲的是蔬菜或草地之类的无关紧要的事，过后你才知道这一切背后隐藏着某种巨大的灾难。它就属于那种梦，一座桥和一支长笛,或一把小提琴——反正是某种乐器。"

"一座桥和一件乐器?"马克-阿莱姆一口气急急地问道,"然后呢?然后怎么样?"

"某种动物在绕着圈跑——但关键是桥和小提琴。"

马克-阿莱姆感觉有头大象在踹他的胸口。那个倒霉的梦,曾两度落入他的手中。

"怎么了?你的脸色那么难看……"

"没事。昨夜,我感觉身体相当不适,一晚上都在吐。"

"看得出来。我刚才说到哪儿?"

"那个梦。"

"噢,没错……所以,正是那梦充当了线索。他们破解出它的含义。全都清楚了。桥表示库普里利家族,你瞧——库普里就是桥的意思。这样一来,整个事情也就自行暴露了。"

原来如此!马克-阿莱姆感到口干舌燥。至今,他还记得自己如何在桥和肯定象征着破坏力量的愤怒的公牛间寻找联结,但徒劳无益。他还记得自己如何将此梦同那些未解之梦归入同一档案。

既然别人已将它破解——而且如此成功!——那么,上司或许就要让他说明未能解梦的原由?人们或许就会怀疑他故意将它搁到一边,以便掩盖真相:鉴于他本人就是库普里利家族成员,还有什么比这更自然的呢?的确,他可以为自己辩护说,他当时正在筛选部工作,如果愿意,完全可以彻底清除掉此梦,而事实上,他将它送到了解析部。可他禁不住感到,对于这样的辩解,人们很有可能会充耳不闻。

"而后,"邻座继续说道,"小提琴,或不管什么,又同一首史诗发生了关联。那首史诗赞美库普里利家族,在巴尔干地区广为传唱。可是,你这会儿怎么了?你病了吗?"

他点点头,说不出话来,仅仅做了个手势,让那人继续。他并不真的想听,而是为了避免引起怀疑。他一直心存侥幸,希望这一不幸只是某个难以驾驭的想象的产物。可一听邻座提到史诗,所有希望消失殆尽。库特被捕,吟诵者罹难,让人更有理由想到史诗与发生的事确有关联,而那梦便是一切的根源。此刻,那梦的含义似乎一清二楚:库普里利家族(桥),通过史诗(乐器),投入某项反对国家(愤怒的公牛)的行动中。他怎么就没有早点看出来?他完全能够防止灾难,却什么也没做。同大臣共进晚餐,舅舅含含糊糊提醒和告诫他要警惕,这些都丝毫不是偶然。然而,他却没能看出线索,他忽视了他的案卷,任由灾难降临到亲人的头上。

"你现在感觉好点了吗?"同事问。

"是的,好点了。"

"那好。别担心——会过去的。正如我所说,史诗显然是库普里利家族和君主昔日磨擦的原因。长期以来,家族拥护者一直敦促他们放弃它,可显然他们始终没有答应,尽管他们常常为此遭受磨难。此外,似乎斯拉夫史诗还不够,他们还邀请几位阿尔巴尼亚吟诵者前来表演他们的版本!你看看!他们在为自己掘墓哩。正是这让君主勃然大怒。他决定一劳永逸地了断此事——彻底根除那该死的史诗。好像还派了一伙官员赶到巴尔干,清除阿尔巴尼亚史诗,人们觉得那正是整个麻烦的原由。"

"真的？真的？"马克-阿莱姆不停地插话。他其实在想：他到底是如何知道所有这些的？

"现在好点了吗？"那位又问，"我说过会过去的。我说到哪儿了？哦，对喽，还有，他们期望所有这些能恶化同奥地利的关系，恢复同俄国的邦交。在昨晚的宴会上，俄国大使几乎毫不掩饰自己的得意之情。"

马克-阿莱姆还记得昨夜奥地利领事公子脸上的惊恐神色。天哪，这一定都是真的！他想。但他却问邻座：

"可俄国和那些倒霉的史诗又有何相干呢？"

"俄国？我也纳闷哩。可小伙子，事情总比看上去要复杂一些。乍一看，这好像只是诗和歌的问题。要是那样，君主也会不屑一顾的。可实际上并非如此。事情极为错综复杂，涉及巴尔干人口的定居和迁徙，以及斯拉夫民族和像阿尔巴尼亚那样的非斯拉夫民族间的关系。总之，它直接关系到巴尔干的整个版图。因为这首史诗，正如我所说，用两种语言传唱，阿尔巴尼亚语和斯拉夫语，牵扯到帝国内部少数民族边境问题。起初，我也纳闷，奥地利，更不用说俄国，同它有何干系。可好像这两个国家都已卷入其中。奥地利支持非斯拉夫民族。而斯拉夫民族的'小父'，沙皇，总为他的种族的待遇问题跟苏丹纠缠不休。他到处都安插了耳目。而这首史诗正好讲到巴尔干人民间的关系。显然，阿尔巴尼亚吟诵者是在库普里利府上遇害的。他们的乐器也被砸了个粉碎。你还感觉不舒服吗？"

马克-阿莱姆眨了眨眼。

"不要紧,会过去的。我也这么不舒服过。是的,老伙计,事情总比看上去要复杂。我们这些人在此工作,觉得自己消息灵通,可事实上,我们顶多知道几个梦、几片云……"

他接着嗡嗡地说了一会儿,声音越来越低,越来越低,直到最后或多或少在自言自语。马克-阿莱姆听了他的话后,感到头痛欲裂。在筛选部时,他曾有权力摧毁那梦——将它消灭在萌芽状态,就像人们捏碎小蝰蛇的头,不让它长大,不让它危害别人。要是那样,该多好!但他却让它逃脱了,让它从案卷到案卷,从部门到部门,通行无阻,不断滋生和积累毒液,直到最后变成特等梦。他感到一阵懊悔。不时地,他安慰自己:也许不管发生什么,那梦都将达到它的目的,因为它关系到如此强大的部门,乃至整个国家的利益。它必会达到目的。即便他毁掉它,他们也会不择手段地制造出另一个。难道不是吗?大臣不就明白无误地告诉过他,有些梦,甚至特等梦都是制造出来的?不,他是对的,没让自己卷入其中,绝对是对的。不然,事后他们也会查询,也会发现是他销毁了证据。惩罚将会特别可怕。他曾害怕会因没能破解那梦而招致惩罚。不仅他,就连他的家庭都难以幸免。兴许正因如此,大臣才没有具体指示他该如何行事。如果舅舅犹豫不决,兴许那是因为他本人也并不知道什么才是最好的步骤。哦,马克-阿莱姆在内心呻吟,我为何要进到这个该死的地方?

"我们今天在期待官方表扬哩。"他听到邻座说。

"表扬?为什么?"

"为什么?当然为那梦——那梦是一切的根源。你心不在焉。

我们一直在谈什么来着？"

"是啊……我究竟在想什么来着？"

"哦，好吧，可以原谅你——因为你身体不舒服。是的，筛选部今天早晨得到了祝贺。其他部门，从接待室开始，也许也都受到了嘉奖。也许，官方表扬连同奖赏，早已被送到蔬菜水果商贩的手中……可我不明白，为什么解析部还没得到任何祝贺。"

"没有吗？"

"我刚才没说，今天早晨，解析部有一种紧张的感觉。也许正因为祝贺还没有到达。"

"为什么没有呢？"

"谁知道？我一直在观察上司：他看上去忧心忡忡的样子。你不觉得吗？"

"是的。"

"他有理由担忧。解析部比任何部门都该得到祝贺。除非……"

"除非什么？"

"除非解析有误。"

"那样的话，该如何纠正呢？解析部后面，没有其他部门从事解析了。特等梦官员只负责选梦，不是吗？"

"是的，"邻座见到马克-阿莱姆精神稍有好转，有点吃惊，"难以琢磨。可我们还不知道祝贺为何迟迟不到呢……"

他们俩又稍稍看了会儿案卷。可谁都读不进眼前的句子。要是他了解到我和库普里利家族的关系，会怎么样呢？马克-阿莱姆想。可不管怎样，他迟早都会知道的。上司一定早已知道，即便他暂时没有透露库普里利家族的陷落是当天的事件。可也许上司也有自己的麻烦？不管怎样，马克-阿莱姆都确信，如果不是马上被解雇，大家也会很快用斜眼瞧他的。

"他们刚刚又把上司叫去了，"邻座低声说，"他的脸色苍白如纸，你注意到了吗？"

"是的，是的……"

"我告诉过你——这种拖延可不是好兆头。可以肯定，现在不会有什么祝贺了。就让我们希望不会有任何……"

"任何什么？"马克-阿莱姆用噎住的声音问。

"惩罚。"

"可为什么……为什么要惩罚呢？"

隐隐地，他感觉内心深处有一缕希望在涌动。可他脸色灰白，看上去仿佛随时都会昏厥。

"我怎么知道呢？"那位回答，"这完全是我力所不及的事。"

那家伙越来越焦躁不安。有什么事正在发生，而他居然一无所知，想到这，他实在无法忍受。他一会儿看看里门，一会儿看看上司出去的外门，一会儿又看看朝向走廊的正门，一副迫不及待的样子。

"有什么事正在发生……"他咕哝着，"毫无疑问。真是可怕，可怕……"

此时，他相当公开地表露出他的恼怒。不过，难以判断，可怕的究竟是正在发生的事呢，还是他无法知情这一事实。

马克-阿莱姆从没如此急切地期望邻座所言都是真的。在此之前，有什么事正在发生这一消息让他不寒而栗。可此刻，他全心全意地祈求，真的有什么事正在发生。如果送给那该死的梦的祝贺还没来临，而他们真的在等着接受惩罚，这或许就意味着，局面在最后一刻得到了扭转……出于迷信，他立即打消了如此乐观的猜测，生怕一旦想到，反而会泡汤。这无疑将是个奇迹……

"全都明明白白——只有瞎子才看不见……"邻座恼怒中嘶嘶地说，仿佛正是马克-阿莱姆从中作梗，不让他的理论得以证实。

这里那里，职员在桌旁交头接耳。靠近窗户的几位伸长脖子，望着外面。显然，正在发生的一切已在他们中间激起反响。

想到刻着字母Q的马车在黑暗中疯狂疾驶，马克-阿莱姆第一次真正相信，昨夜之后肯定又进一步发生了什么。大臣不会就那么坐以待毙的。他离开致命的客厅时竭力压制内心的怒火；上楼时犹如梦游者一般——所有这些都表明他将反击。而那些驶进黑夜中的马车呢？那些他和母亲在黑暗中看见，却不知驶向哪里或来自何处的马车……天哪，但愿这是真的！

"我再也受不了了，"邻座说，"我出去打探一下。有人问到我，就说我去下面档案部了。"

他影子似的悄悄溜了出去。望着他，马克-阿莱姆感到一阵宽慰。至少，他现在会打听到一些情况。

他盯着案卷，坐了会儿，一个字也看不明白。他急于要听到最新消息。如果邻座没有马上回来，那一定是因为他正在大量收集情报。马克-阿莱姆以超人的毅力克制住那些没有根据的希望。他知道，另一次失望将会要他的命。

此时，不仅靠窗的那些人在不停地观望，而且——这真是前所未有的事——附近桌子旁的职员也都挤到窗口，望着外面。毋庸置疑：某种非常事件正在发生。马克-阿莱姆来回望着窗户和门口，期待着邻座早点出现。君主会不会已经退回特等梦，仿佛它是个已经失去贞洁的年轻新娘？

他不想抱太大的希望。可此时发生的事简直不可思议。所有职员，不仅坐在屋子中间的那些，而且坐在最里面的那些，全都拥到了窗口。他看见人们站起身来，走到窗户旁观望。那些人先前从不离开自己的座位。那些人似乎一直固定在桌旁。他们从没梦想过走到窗户旁观望，也许也从没意识到他们工作的屋子里实际上开有窗户。

纵然站在深渊边，他的心脏也不会跳动得更快。事实上，这正是外面的黑暗给他的启发。好些个职员倚在窗栏上，望着外面。

"发生什么事了？"马克-阿莱姆轻声问。

有人转过头来，惊诧地望着他。

"你看不见下面院子里发生的事吗？"

马克-阿莱姆看向别人望着的地方。他头一回注意到，这些窗户下面是梦宫的一个内院。院子里站满了士兵。从上面望去，他们显得又短又瘦，可头盔却闪出危险的光。

"我看到一些士兵，"马克-阿莱姆说。

那人没有应声。

"可他们在那里干什么？"马克-阿莱姆问。

那人已经消失。

马克-阿莱姆再次望了望下面的武装人员。他们看上去就像铅制士兵。他感觉眼花缭乱，混乱中，想到门上刻有字母Q的马车。某种原因，它们总是让他想到夜鸟。由于思绪混乱，他发现自己时而将它们视为交通工具，时而将它们当成黑暗中展翅翱翔的猫头鹰。

"怎么回事？"近旁有个声音在短暂的喘息间歇问道。

"你看不见吗？在下面院子里。"马克-阿莱姆回答。

那人的呼吸使得窗户罩上了一片雾气。马克-阿莱姆的心思似乎偏离了片刻，随后，冷气又清除了玻璃上的雾气。马克-阿莱姆的思绪也随之变得清晰起来。他慢慢回到桌旁。邻座已经回来了。

"你去哪儿了？"他问马克-阿莱姆，"我等了你很久很久。"

马克-阿莱姆朝窗口点了点头。

"胡闹！从这里你能了解什么呢？等一等。听听我的消息。绝对轰动！他们说解析部有几个人将遭到逮捕。从部门主管开始。"

马克-阿莱姆痛苦地吞咽着。

"院子里站满了士兵。"他咕哝了一句。

"是的，但他们另有任务。好像有几名塔比尔的高层领导也将遭到逮捕。"

"我的天哪——这会是什么意思？"

"库普里利家族反击了。这是意料之中的事。"

"反击？"马克-阿莱姆结结巴巴地说，"谁？如何？反击谁？"

"且慢——别这么着急！我正要细说哩。靠近点——我们可不想落得他们那样的下场！……整个塔比尔·萨拉伊都一片混乱。昨夜，或者更确切地说，今晨，发生了一些非常奇怪的事情……"

看上去酷似猫头鹰的马车……马克-阿莱姆想。他还记得有一种鸟，鸱鸮，外号大公爵……

"遭到打击后，库普里利家族并没有干坐着。夜里，他们立即行动了起来，以某种你、我以及任何其他人至少暂时无法想到的方式。显然，黎明时分，他们成功地实施了自己的计划。但如我所说，这一切还都笼罩在神秘之中。在国家最黑暗的深处发生了某些冲突，某些秘密而又可怕的相互打击。我们仅仅感到了一些表面反响，就像你在震源极深的地震中所感到的那样……因此，正如我所说，夜里，两个对立集团之间，两股在国家内部相互抗衡的势力之间，发生了可怕的交锋。整个京城处于骚动之中，但无人知道任何底细。毕竟，就连我们这些处于神秘源头的人，也都浑然不觉。"

马克-阿莱姆想说他曾两次经手过那个恶魔般的梦，但转而一想，他觉得这么做会很愚蠢。

"甚至在破晓前，人们还看到许多马车在大使馆和外交部之间来回穿梭。但这还不是全部。显然，帝国的那些头号银行和铜矿也都牵扯进去了。甚至还进行了货币贬值谈判。"

"天哪！"马克-阿莱姆惊叫了一声。

"事情就是这样。极为错综复杂，同表面相距甚远。就像发生在无底的深井之中……正如我所说，我们顶多能得到几个梦、几片云的指导……"

一整天，梦宫都充满了深深的不安。中午刚过，解析部主管和其他几名塔比尔高官真的被捕了。紧接着，还有更多的人预计将遭到逮捕。但夜幕降临，事态没有进一步的发展。

马克-阿莱姆回到家里，急切地将所有这些告诉母亲。可她没有显出更加开心的神情。他感到惊讶。

他们派人到大臣府邸，希望能带回一些有关库特的好消息，但信使回来时说没人知道他的下落。

尽管前一夜睡得极少，马克-阿莱姆还是难以成眠。有一刻，他觉得自己就要睡着了，但远处的一声噪音又彻底赶走了他的睡意。他起身，走到窗户旁，但什么也看不见。随后，他发现地平线那里有道暗淡的红光。刹那间，他想到：要是梦宫着了火，该怎么办呢？可很快，他便注意到火光来自一个截然不同的方向。回到床上，入睡前很长一段时间，他一直在辗转反侧。黎明前，他醒来，立即起床，仔细地刮完胡子，准备出发，到塔比尔·萨拉伊去上班。

七　春天来临

那夜到底发生了什么，永远无人知道。迷雾不仅笼罩着事件的细节，而且笼罩着事件的性质。时间流逝，它不但没有散去，反而更加浓重了。

整整一个星期，梦宫里不断有人遭到逮捕。特等梦官员首当其冲，受到沉重打击。那些逃过大牢的人被调到筛选部，或接待室，甚至誊写室。相反，筛选部和解析部一些人员进入特等梦部，填补空缺。第一批人员调动中，就有马克-阿莱姆。两天后，当他还处于调动的兴奋中时，总管办公室请他去一趟。在逮捕行动中，该办公室遭到了重创。总管亲自通知马克-阿莱姆：他已被任命为特等梦部主管。

他大为震惊。职业生涯中，如此巨大的跳跃几乎不可思议。库普里利家族显然正在复仇。

在此期间，没有任何库特的消息。大臣总在忙碌。马克-阿莱姆无法理解，他的舅舅权势大到足以动摇国家的基础，却不能将自己的弟弟从大牢中解救出来。兴许，他自有理由，要从容行事。兴许,他觉得事情最好还是维持原样。

马克-阿莱姆忙得焦头烂额,根本没有时间多想。部门需要从头到脚彻底重组。待审的案卷越码越高。很快就要到星期五了。那是为君主呈献特等梦的日子。

马克-阿莱姆的情绪比以前更加忧郁。他变得越来越让人难以接近。尽管他竭力保持昔日的自我,可他还是感到在他的言论、行为,甚至做事方式上,某些东西正在渐渐地发生变化。他越来越接近那种他向来最不喜欢的人:那些高级公务员。

时间流逝,他愈加意识到新岗位的重要性。现在,他有了一辆天蓝色的专用马车在宫殿外面等着他。他觉得并不只是这辆马车,而是他本人招来敬重、静默和畏惧。他禁不住想笑,觉得几乎难以置信,他,刚刚还对国家的神秘莫测以及国家机构散发出的压抑气氛充满畏惧,此刻却要在别人心中引发同样的恐惧。可有时他又觉得,这倒也理所当然。兴许正因为他如此敏感,在内心堆砌了太多的秘密和痛苦,此刻才在周围宣泄。

他太投入工作,都没注意到,天气越来越暖和了。虽然,吟诵者遇害后,整个阿尔巴尼亚都经受着失眠的折磨,宫殿这台机器依然在开足马力工作。作为最高官员之一,马克-阿莱姆每天早晨都会收到绝密的每日报告。不同地区登记的睡眠量依据不同地区发生的事件而千变万化。针对阿尔巴尼亚的失眠问题,专门组织了一份特别报告。呈报致命梦的街头小贩被关进幽闭室已有好几天了。他们还在竭力从他口中得到他们所需要的解释。他的证词已经填满四百页。总之,一个睡眠不安的时期即将到来。那种狂梦也会激增。

疲惫的时刻，马克-阿莱姆习惯于好好揉揉眼睛，仿佛要移除因长时间阅读而长在它们上面的薄膜。

一天夜里，他如往常一样回到家里，发现萝吉脸色极为苍白。那种不安的空洞感又一次涌上了他的胸口。在最近几个星期里，他几乎已经忘记了这种感觉。

"怎么回事？"他轻声问，"是库特吗？"

萝吉点点头。

"他没被释放吧？判了他多少年？"

萝吉的眼睛几乎被泪水融化，悲伤地望着他。

"我问你他们判了他多少年？"马克-阿莱姆重复道。她还是没有回答。就那么继续眼泪汪汪地望着他。

他抓住她的肩膀，摇动着她，随后，渐渐猜测到发生了什么，突然哭了起来。

库特被判死刑，已被斩首。消息刚刚传来。

马克-阿莱姆将自己关进屋里。母亲在她的屋里独自哭泣。怎么会这样的？他不停地问自己。怎么会这样的？当库特获释似乎只是一个时间问题时，怎么竟将他判处死刑并草草执行了呢？这是否意味着库普里利家族的反击，他们力量的恢复，以及他本人流星般的晋升，仅仅是些幻觉，一种新的打击之前的虚假的胜利？然而，他已不再在乎任何事了。就让他们打击吧，越早越残酷越好。就让这一切永远结束吧。

翌日早晨，他面无血色地走进塔比尔·萨拉伊，确信自己将被免职，回到解析部，甚至筛选部，做原来那些事情。但下属问候他时必恭必敬，丝毫没有怠慢之意。在他晋升后，他们的态度一直如此。见他脸色惨淡，他们似乎更为殷勤。当他们前来将各类文件放在他面前时，他留心他们的表情和言辞，看看是否含有揶揄色彩。没有。他感到欣慰。但好景不长。也许上峰早已决定解除或罢免他的职务。只是员工们还不知道。想到这，焦虑重又爬上他的心头。他想出一个借口，打算去面见总管。得知总管身体不适，那天不来时，他觉得这就像是精心策划的玩笑的一部分。他们在耍弄他哩。

马克-阿莱姆焦虑了好几天。接着，一天清晨——他发现一切都在他最意料不到的时刻发生——总管要召见他。也差不多到时候了！马克-阿莱姆起身要走时，想到。很奇怪，他一点也不紧张。仿佛他已变成聋子，沿着走廊往前走时，脚步声是他发出的唯一声响。来到总管办公室时，对方极为凝重的表情让他吃了一惊。当然，他想，解除一名库普里利家族成员的职务时，他应该严肃。这十分自然。在他们家里，晋升和罢免同样需要郑重其事地对待。总管在同他说话，但他没有听。对他不得不说的话，他真的不感兴趣。他就想尽快离开这间办公室，到他们指定他去的部门，筛选部，或者甚至誊写室，都没关系，在数百个无名职员中间找一个不起眼的地方。有一刻，他都想打断总管：为何不直截了当呢？兜这么大的圈子毫无意义。但显然，总管喜欢同他玩猫捉老鼠游戏。兴许，摆脱库普里利家族的这个年轻后生，他并不感到遗憾。兴许，他甚至想过，他，马克-阿莱姆，有朝一日，也许会夺了他的饭碗。谁知道哩？事实上，他也确实暗示过这种可能性……

马克-阿莱姆皱起了眉头。这人怎么竟敢如此嘲弄他？实在太过分了！这时，总管实际上在向他表示祝贺！随便开我的玩笑！他想。片刻之后：我准要疯了……

"马克-阿莱姆——你不舒服吗？"总管担心地问。

"说下去——我听着哩。"他冷冷地说。

现在，轮到总管惊讶了。他踌躇地笑了笑。

"不得不承认，没有料到，你会有这样的反应……"

"您这是什么意思？"马克-阿莱姆说，依然那么粗鲁无礼。

总管摆了摆手。

"当然，只要觉得合适，人人有权这样接受消息。你就更是如此。你来自一个出首相的显赫家族……"

"您要是能直奔主题，我将不胜感激。"马克-阿莱姆能够感到，细汗正从额头上滴下。

总管瞪大了眼睛。

"我想我已经表达得够清楚的了，"他嘟哝道，"说实在的，我本人还不能接受哩……让某人到我的办公室来，就为了告诉他……"

由于耳中嗡嗡直叫，马克-阿莱姆几乎什么也听不见。总管的话语简直难以置信。渐渐地，一点一点，它们进入到他的大脑。"任命"、"解职"、"接替总管"、"总管职位"，这些词确实从总管的口中说出，但已完全背离了它们原本的含义。塔比尔·萨拉伊的总管费了很大一番工夫解释，根据最高指令，他，马克-阿莱姆，在保留特等梦部主管职位的同时，被任命为梦宫总管，也就是他本人的首席助理。正如马克-阿莱姆所知,总管常常因健康原因不来上班。

总管又慢慢重复了一遍自己刚才所说的话。他似乎竭力想弄明白,为何这一消息竟受到了这样的冷遇。此刻,他的惊诧中又平添了一丝怀疑。

马克-阿莱姆揉揉眼睛,接着,还没放下手就喃喃说道:

"对不起。我今天身体不太舒服。请原谅。"

"不,不……不要紧的,"总管连忙说,"事实上,你一进来,我就看出你身体不适。尤其是现在,你又额外多出所有这些事情,更得照顾好自己。我本人就不够留意,所以现在,你看我在付出代价哩。不管怎样,让我祝贺你!衷心地祝你好运!"

随后几天,每每想起这次会面,马克-阿莱姆都几乎感到一种生理痛苦。更糟糕的是,他整天忙得不可开交。总管大多时间都请病假。马克-阿莱姆连续几天都得顶替他工作。他原本就很凝重,现在愈加阴郁、乖僻。那台巨大的机器,如今实际上由他操纵着,日日夜夜转个不停。直到此时,他才充分意识到,塔比尔·萨拉伊庞大无比。政府高官走进他办公室时,都一副担惊受怕的样子。常常造访他们的内务大臣助理在他说话时,总是小心翼翼,从不敢打断他。除去礼貌的微笑,在大臣助理以及所有那些高官的目光里,总有一种询问:有涉及我的梦吗?……有权有势,荣誉不断,占据重要职位,享受鼎力支撑——所有这些都足以让他们高枕无忧。要紧的不仅是他们在生活中的形象:他们在别人梦中扮演的角色,那些梦中他们乘坐的神秘马车,车门上刻着的徽章和神秘符号,这一切同样不可小视……

每天早晨,当下属为他送来每日报告时,马克-阿莱姆仿佛觉得他的手中握着千百万人的夜晚,那刚刚过去的夜晚。任何人,一旦控制住人类生活的幽暗领域,便能行使无边的权力。一周又一周过去,马克-阿莱姆越来越深刻地意识到这一点。

一天,他心血来潮,从桌旁站起身来,慢慢地走向档案部。那里,他像上回一样,闻到了相同的令人窒息的煤烟味。职员站在他面前,缩头缩脑,影子一般,随时准备听候他的吩咐。他要看看最近几个月的特等梦档案。职员们为他取来后,他请他们走开,好让他安静工作。他一页一页浏览起案卷,颤抖的手指流露出他渐渐加剧的紧张,心跳也减弱了。每页的上端,靠右,写着各种细节,其中就有记梦日期。十二月最后一个星期五。一月第一个星期五。一月第二个星期五。这儿,终于,他找到了那个梦,那个将他舅舅送进坟墓并让他,马克-阿莱姆,升到塔比尔总管位子的特等梦。他发现要读那梦十分费劲;仿佛有条白色的绷带遮住了他的眼睛,只透进几道细细的光线。

正是那梦。做梦人就是那个在京城摆个摊位的蔬菜水果商贩。那梦曾两次落入他的手中。上面还有他已经知道的粗略的解释:桥,源自"库普里"一词,意指库普里利;乐器,象征着阿尔巴尼亚史诗;红牛,被音乐逼得发疯,将会冲击国家。我的天哪!他轻声说。这一切先前都已铭刻在他的脑海,可此刻,亲眼见它白纸黑字写在这里,他不由得从头到脚战栗起来。他合上案卷,慢慢走了出去。

被任命为塔比尔·萨拉伊的头目之后,他了解到大量耸人听闻的秘密。然而至今,他还没解开那夜的秘密:库普里利家族受到打击,接着,他们开始反击。

蔬菜水果商贩还在牢房中受审。审讯记录现在已写满八百多页,而且还没有马上就要结束的迹象。一天,马克-阿莱姆调来案卷,仔细读了好几个小时。这样的文件,他还是头一回看到。上百页全都密密麻麻写着商贩日常生活的琐碎细节。应有尽有,或者几乎应有尽有:他出售的水果和蔬菜的种类——卷心菜、花椰菜、胡椒、莴苣;它们运送的时间;如何卸货;各类东西如何保鲜;与供应商的争吵;价格涨落;顾客及其言论;这些言论如何反映家庭问题、经济困难、隐藏的疾病、冲突、危机、联盟;各种广为传播的流言;酒鬼、清道夫和流浪汉天黑后说的各种事情;由于种种原因还留在他记忆中的那些陌生路人的话语;又是所有蔬菜以及它们在季节开始和结束时的味道;如何将它们打湿,以便显得新鲜;送来蔬菜水果的农民的蠢笨;讨价还价;甩卖;露水如何加重莴苣的分量;家庭妇女的奇思怪想;排队——所有这些事情翻来覆去,没完没了。

合上庞杂笨重的案卷时,马克-阿莱姆仿佛觉得,自己刚刚到过一片露水打湿的广袤草地,一片天真无邪的田野。你做梦都不会想到那里藏匿着蝰蛇。虽然读得有些疲惫,但他却在某种程度上感到恢复了精神。他惊讶地发现,自己竟同情起那个商贩。他似乎丝毫也没有想到他的梦带来的后果。在接着阅读解梦文字之前——那些解梦文字或许占有几百多页——他不得不考虑那商贩是否真的做过此梦。可现在,这终究已经无关紧要:事情走入常规,再也无法挽回。

之后几天,马克-阿莱姆不再想那商贩。春天就要来临,兴许会给梦宫带来各种各样的紧张。他没有时间可以花在鸡毛蒜皮的琐事上。所有送来的报告都充满了问题。阿尔巴尼亚的失眠在持续;这样的事以前从没见过。众所周知,解决这些问题,并不取决于梦宫。然而,只要紧张持续,塔比尔就得极为留心,保持有关失眠增长的记录。更有甚者,皇家银行行长几天前曾同马克-阿莱姆进行过一次长谈,提到了货币贬值的可能。帝国正经受严重的经济危机。结果兴许就会这样。因此,这就需要梦宫留心事态的发展,特别注意这方面的梦。凭借自己在筛选部和解析部的短暂经历,马克-阿莱姆知道,这样的梦在案卷中总会有好几百个。

犹太和亚美尼亚知识分子圈中正出现骚动。而几个主要帕夏管辖区和城市之间的联结也有所松动。其他重要政府机构以更加间接的方式,让他注意到了这些动向。它们还无数次地提出警告:年轻一代的宗教感情正在明显淡漠。众所周知,伊斯兰权威法典常常发出这类警告。

马克-阿莱姆沉浸于所有这些事务,对春天的临近不知不觉。天气也稍稍回暖。迁徙的白鹳已经归来。但他没有注意。

一天下午,在同一时间和走廊的几乎同一地点,像上回那样,他看见几个人抬着一口棺材从幽闭室出来。用不着盯着细看或者打听,他就对自己说:蔬菜水果商贩。没过多久,当他坐着马车颠簸时,那支小小的队伍再次出现在他的脑海中。但他立即驱走了这一情形。外面，在深红的落日余晖中，他发现尽管树木依然光秃秃的，但宅子花园里已经长出了第一茬青草。

回到家里，他见到了大舅，那位地方长官，及其夫人，还有其他几位近亲。库特被处决后，地方官一直没回过京城。他们正在谈论马克-阿莱姆的订婚事宜。母亲眼睛湿润，仿佛春天最少惠顾她。他心不在焉，听着他们的谈话，自己并没有加入。仿佛突然得到提醒，他有些惊讶地意识到自己已经二十八岁。在梦宫，时间遵循截然不同的法则。自从到那里工作后，他实际上还从没想过自己的年龄。

就像得到了默许，其他人更加自信地谈论起他们为他物色的姑娘。她十九岁，长着一头金发——他喜欢金发姑娘。他们小心翼翼，让谈话围绕着主题，仿佛手中握着一只水晶杯子。马克-阿莱姆不置可否。在以后的日子里，仿佛为了避免危害自己的成功想法，他们竭力克制，没有再提此事。

家里除去母亲为自己哥哥举办的两次晚宴，那一星期平淡无奇。雕刻匠前来征询意见，涉及库特墓碑上的铭文和铜质饰品。他们通常雇用他负责家族墓地。

在接下来的星期里，马克-阿莱姆每夜都很晚回家。他工作多得难以应付。君主要求他们呈交一份有关整个帝国睡梦的长篇报告。塔比尔·萨拉伊每个部门都在加班加点。总管依然身体不佳。马克-阿莱姆还得撰写报告最后一稿。

他常常坐在桌旁，感觉头越来越沉。望着写好的稿纸，他惊奇万分，仿佛它们出自别人之手。他的面前摆放着整个帝国睡梦那忧伤的总和。这可是世上最辽阔的帝国之一：四十多个民族，几乎所有宗教和种族的代表。如果报告包括全球，也不会有太大的差别。实质上，它覆盖了整个地球的睡梦——可怕的、无穷的阴影，一道无底的深渊，马克-阿莱姆正试图从中挖掘几许真理片段。修普诺斯，希腊睡眠之神，也不见得比他更了解梦。

一天下午，他从书柜里拿出了家族《编年史》。上回翻阅，还是在那个寒冷的早晨。当时，他刚刚接到任命，正要第一次去梦宫报到。如今，他实际上已成为宫殿的总管。他翻阅时，还不太清楚到底要找什么。随后，他意识到他并不想找什么，只想翻到后面的空白页……他还是头一回想到要为这部古老的《编年史》添加点东西。他静静地坐着，久久凝望着分类目录。重大事件正在发生。反俄战争刚刚结束。希腊脱离了帝国。巴尔干其余地区处于骚乱之中。至于阿尔巴尼亚……它已变得越来越遥远，越来越暗淡，犹如某个遥远而又冰冷的星辰。他不知自己是否真的了解那里发生的一切……他坐在那里，犹豫不决，手中的笔愈加沉重，末了，落到了纸上，但他没写"阿尔巴尼亚"，而是写上：那里。他凝视着他用来替代他的故土名称的那个词汇，突然感到有一种悲伤向他袭来。他立即称之为"库普里利式的悲伤"。这一用语，在世上任何语言中都不存在，但任何语言实际上都应该包含着它。

那里……一定在下雪……随后，他停止写字，一把攥起笔，仿佛害怕它会因某种魔法而粘在纸上。费了一番努力，他才继续，用《编年史》文字特有的那种简洁风格，记录下库特之死，以及自己的升迁。接着，他的笔再次静止不动。他想起自己那位名叫焦恩的遥远的祖先，在几个世纪前的一个冬天，建造了一座桥梁，同时也引发出自己的姓氏。那个姓氏，犹如秘密预言，承载着库普里利家族一代又一代人的命运。建造时，一名男子被砌进桥墩，成为牺牲。因此，桥梁才能坚固挺拔。虽然这么漫长的时间已经过去，但他的血迹一直延伸到今天这一代。因此，库普里利家族才能坚韧不拔……

兴许，正因如此——就像古希腊人在葬礼上割去自己的头发，这样，逝者愤怒的灵魂将不再能认出并危害他们——兴许，正因如此，库普里利家族才改名为柯普律吕：以便同那桥梁区分开来。

马克-阿莱姆全都知道。他记得，在那致命的夜晚，他曾渴望甩掉自己的保护面具——"阿莱姆"这一伊斯兰半盾，改用一个招致危险、命中注定的古老名字。

像上次那样，他在心里一遍遍重复着：马克-焦尔杰·乌拉，马克-焦戈·乌拉……他依然握着笔，仿佛不能确定到底该将哪个名字写在古老的《编年史》上……

三月，一天傍晚，他完成了报告，并将它送到誊写室誊清。随后，怀着几分轻松，他走到外面，乘坐马车回家。他习惯于缩在座位后面，以免在常常拥挤的街上被路人看见。今天，他又一次缩在角落里。可走了一段路后，他感觉有股稀奇古怪的力量，将他的目光引向了车门。窗外，什么东西在执著地呼唤着他。最后，他打破习惯，朝前探过身子。透过呼吸留在玻璃上的雾气，他发现自己正驶过中央公园。杏树开花了，他想。他被打动了。往常，看完外面吸引他的东西后,他会立即缩回角落。此刻,他几乎就要这么做了,但他发现自己不能。那里,几步开外,生命正在复苏:更加温暖的云朵、白鹳、爱情——所有这些他都一直视而不见,生怕自己会被它们从梦宫里夺走。他觉得,蜷缩在那里,就能保护自己;而在这样的傍晚,如果他听从生命的召唤,离开自己的庇护地,那道魔咒就会破除:库普里利家族就会风向逆转;那些人就会来到他面前,就像来到库特面前一样,将他带走,兴许更加唐突,并把他送到那个永无回归的地方。

虽然顾虑重重,但他没有从窗户旁掉过脸去。我要立马吩咐雕刻匠为我的墓碑雕刻一枝盛开的杏花,他想。他用手擦去了窗户上的雾水,可所见到的事物并没有更加清晰:一切都已扭曲,一切都在闪烁。那一刻,他发现他的眼里噙满了泪水。

一九八一年于地拉那

ISMAIL KADARE
Nëpunësi i pallatit të ëndrrave

本书根据 Vintage 出版社 1993 年英文版译出
Copyright © 1990，Librairie Arthème Fayard
All rights reserved

图字：09 - 2013 - 540 号

图书在版编目(CIP)数据

梦宫 /（阿尔巴）伊斯玛依尔·卡达莱著；高兴译.
— 上海：上海译文出版社，2024.3（2024.10重印）
ISBN 978 - 7 - 5327 - 9457 - 7

Ⅰ.①梦… Ⅱ.①伊… ②高… Ⅲ.①中篇小说-阿尔巴尼亚-现代 Ⅳ.①I541.45

中国国家版本馆 CIP 数据核字(2024)第 039526 号

梦宫	Ismail Kadare	出版统筹	赵武平
	伊斯玛依尔·卡达莱 著	责任编辑	缪伶超
		装帧设计	汐和 at compus studio
Nëpunësi i pallatit të ëndrrave	高兴 译	封面摄影	崔晓晋

上海译文出版社有限公司出版、发行
网址：www.yiwen.com.cn
201101 上海市闵行区号景路159弄B座
上海景条印刷有限公司印刷

开本 890×1240 1/32 印张 6.5 插页 2 字数 98,000
2024 年 3 月第 1 版 2024 年 10 月第 2 次印刷

ISBN 978 - 7 - 5327 - 9457 - 7/I·5913
定价：49.00 元

本书版权为本社独家所有，未经本社同意不得转载、摘编或复制
本书如有质量问题，请与承印厂质量科联系，T：021 - 59815021